# 戏边草

收藏版

肖复兴 著

武汉大学出版社
WUHAN UNIVERSITY PRESS

**图书在版编目(CIP)数据**

戏边草/肖复兴著. —武汉:武汉大学出版社,2014.9
ISBN 978-7-307-14438-5

Ⅰ.戏…　Ⅱ.肖…　Ⅲ.随笔—作品集—中国—当代
Ⅳ.I267.1

中国版本图书馆 CIP 数据核字(2014)第 224318 号

责任编辑:张福臣　　责任校对:鄢春梅　　版式设计:韩闻锦

---

出版发行:**武汉大学出版社**　(430072　武昌　珞珈山)
(电子邮件:cbs22@whu.edu.cn 网址:www.wdp.com.cn)
印刷:武汉中远印务有限公司
开本:870×1092　1/32　印张:5.375　字数:98 千字　插页:3
版次:2014 年 9 月第 1 版　　2014 年 9 月第 1 次印刷
ISBN 978-7-307-14438-5　　定价:32.00 元

---

六书坊

## 编委会

## 【内容简介】

《戏边草》，是一本戏曲随笔，主要涉及京剧，兼论其他戏曲。作者毕业于中央戏剧学院，有一定专业背景，且是作家，文笔纵横活泼，写来识趣兼备，生动可读。上辑是看戏观感，善于从戏本身联想现实与历史，既有关于戏曲的趣味知识，又旁涉生活现实与戏曲的关联，写出舞台小人生，人生大舞台。下辑是说戏评点，论及京剧艺术魅力形成的原因，京剧变革的忧虑，以及京剧名宿等人物的勾勒，写来富有史料性，又富有思考性。在京剧申遗成功之后，如何面对我国传统戏曲、振兴传统戏曲的文化背景下，集中书写戏曲主题并能够写得深入浅出具有普及性、可读性的文集还非常少见。这本小书在一定程度上填补了这一空白。且这本书中有作者画的几十幅戏曲人物画，图文并茂，使得本书更有自己的特色。

目 录

CONTENTS

## 上　辑：

## 下　辑：

# 上辑

# 千古忠孝节与义

——京剧《四郎探母》谈

说起我看京戏的经历，真是十分的好笑。小学三四年级的时候，我们班一位同学的父亲，是个工程师，爱好京剧，是个票友，自己张罗演出一场京戏，叫做《四进士》，他出演其中的毛朋。同学送我一张票，邀请我去看他父亲的演出。演出的地点在广和剧场，离我家很近，便去了。那是我第一次看京戏。发现舞台上除了几个桌子椅子什么也没有，连起码的布景都没有，光听他父亲一个人哼哼唧唧的唱，唱半天也没有唱完一句词，听得真的不耐烦，没看多一会儿，竟然睡着了。从此，对京戏不再感冒，一向敬而远之。后来，读中央戏剧学院，教授我们古代戏曲史的祝肇年教授，在讲《西厢记》时问我们看过这出戏吗？看大家和我一样无言以对，便不无讽刺地说，很多人不都说看过《西厢记》吗？看过，看过小人书。对于京剧，我就属于祝先生说的“小人书”水平。

再次走进京戏的剧场，是几十年后，上个世纪九十年代末，真是已经非常晚了。那还是朋友送我的一张长安戏院的票，演出的是几出折子戏，其中一出《秋江》，令我叹为观止，那种无实物的虚拟化表演，将老艄公和小尼姑在江上摇船划桨颠簸荡漾的情景，表现得那样惟妙惟肖，那样出神入化的艺术化。在戏剧学院读书时看过表演系的表演课，那种无实物表演是最难的，需要对生活的仔细观察，需要对艺术千锤百炼的传统积淀和提炼。想起以往对京戏的轻薄，很为自己如此的浅薄无知而感到惭愧。从那以后，我成为了长安戏院的常客，常常提前到那里买好戏票，一出一出的戏连着看，给自己补课。

越看越爱看，越觉得自己对京戏一无所知，越觉得京戏博大精深，是现在有些稀汤寡水却只会添加味精的话剧无法匹敌的。我最爱看的是全本戏，发现我们的先辈不仅戏演得精彩，唱得精彩，剧本千锤百炼，跌宕起伏，气脉贯通，让人佩服，有些大戏编得一点不比莎士比亚差。

比如，《四郎探母》就是其中的一出。

《四郎探母》，以前是禁戏，批判它阶级调和，美化叛徒。在以往以阶级斗争为纲的教育模式和历史观下，杨四郎被俘之后为番邦挎刀打仗，还娶了番邦的铁镜公主为妻，生下了孩子，不是叛徒是什么？但是，看完全戏之后，我在想，这出戏的妙处，便是把杨四郎推向了这样一个绝境之中，在这样的背景中出场的杨四郎，光环褪去，不再是杨家将似的英雄，却和英雄和普通人一样有思念乡土家庭和亲人的感情，而且，随着分别的日子的加长，这种思念之情愈发的加深而难以抑制。杨四郎的探母，便不是一般的探母，他必须面对自己所处的这种困境。而这种困境并不是他自己造成，自己所能解脱的，是战争将人情和人性无情的摆弄和摧残，即便是英雄也无能为力。无能为力，却偏偏要努力如小草挤出重压之下的磐石的石缝间。

这便是这出戏的好看之处。它不是一般的儿女情长，男欢女爱，乃至肌肤之亲的情欲粉戏，而是要看人性的挣扎，内心的坦露，残酷现实的面对。所以，我看这出戏，不怎么在意“坐宫”一折那段经典的“对啃”的精彩对唱，不在意那一声“叫小番”惊心动魄的翻山越岭的高调门。我在意的是，杨四郎此一番与众不同的探母，面对的不是一位高堂老母，而是要面对众多的人怀疑、隔膜乃至敌视的眼睛，面对更多世味情势的考验和折磨。在必须要面对舆论和世人面前的忠孝节义的拷问的同时，还要面对自己的情感和内心真实而残酷的逼问。不说别的，只看这样两位女人，一个是已经为他生子并深爱他的现在的妻子铁镜公主，一个是在家乡辛苦劳作为他死守活寡十五年眼巴巴等候他归来的发妻，他该如何面对？为什么如此难以面对，杨四郎还要知难而进去面对。这就是千古不变的忠孝与节义，人情与人性。《四郎探母》书写的是这样一个恒大的主题,演绎的是这样一个曲折的叙

四郎探母

四郎探母

四郎探母

事主调。这里虽没有金戈铁马之中的英雄那种断株追日、煎饼补天的壮烈，却有着更为深入的内心咬噬和内心的惨烈。这样的主题和叙事主调，不仅编写在戏的人物与情节之中，更编写在中国传统的文化结构之中，成为古典戏曲和文化遗产的一部分，为我们今天所能够共享。虽然，戏的最后是以喜剧的方式结尾，但它触及的却是一个悲剧的内核。戏好就好在这里。它以喜剧的外壳包裹着一颗悲剧的心。这恰恰是吻合中国观众审美习惯与基准的中国戏曲传统的艺术形式。

看这出戏，让我想起两方面的现实。一个是“粉碎四人帮”后，那些因被打成右派或反革命的人，重回故里，重新面对他们的亲人的现实。一个是台湾海峡开禁，台湾老兵在垂垂老矣的时候，重回故里，重新见到阔别多年的亲人的现实。这两种现实，都和《四郎探母》中杨四郎所面对的现实差不多。无论出于政治斗争，还是战争，这些无辜的人都和杨四郎一样，成为命运无奈的牺牲品。人在强悍的命运面前，都是极其渺小的，人生的悲剧性，便在于在这样他无法预测与扭转的处境中的困兽犹斗和无可奈何。当他们像杨四郎一样，熬过了那样许多常人无法想象的艰辛的日子，终于可以和他们的亲人见面了，却要面对残酷的政治斗争或战争带来的痛苦而扭曲的现实。政治斗争和战争把无法治愈的痛苦和后遗症，无情地压在他们的头顶和心头。其中他们必须面对的痛苦的现实，便是和杨四郎一样，在他们被打成右派或反革命发配在异乡时，或在内战的裹挟下，他们抛妻撇母离开大陆蜗居台湾眷属村时，无法预测的时局，漫长的时间颠簸，让他们也大多重新娶妻生子。他们家乡的妻子，在命运的拨弄下，或者如杨四郎的发妻一样苦苦守活寡，或者无可奈何地另嫁他人，带着他们的孩子投奔新家，让孩子管另一个陌生的男人叫父亲。在刚刚“粉碎四人帮”，和刚刚台海解禁台湾老兵可以回大陆探亲的时候，这样惨烈的现实，不是一件两件，所谓悲欢离合一杯酒，南北东西万里程；所谓凄凉故里逢春处，忠愤孤臣许国心；其中所演绎的悲情故事，不比《四郎探母》弱。

这是我极其佩服《四郎探母》这出大戏的最重要原因。一出戏，百年之后，还能够上演，而且，和现实还有着如此密切的关联，实在是了不起的戏。最初写和最初演这出戏的人，不会预测百年之后发生在神州大地和杨四郎类似的悲剧，但好戏便好在它具有浓缩历史与人生的永恒故事和主题的本事。可以说，《四郎探母》是一面镜子，照见了历史，也照见了现实；照见了人情，也照见了人性；照见了忠孝，也照见了节义。

据说，《四郎探母》这出戏最精彩的演出，有这样两场：一在 1947 年上海天蟾戏院，一在 1956 年中山公园音乐堂。那两场演出，集中了当时如梅兰芳、周信芳、姜妙香、马连良、李少春、萧长华等一代名宿，可谓空前绝后。之所以有这样多名角荟萃在这样一出戏中，足见这出戏的分量，大家对这出戏的看重。可惜，年龄关系，这样的盛况，未能亲眼目睹，但在想象中，也为之感喟和向往。我看的是北京京剧团的演出，张建峰扮演的杨四郎，王蓉蓉扮演的铁镜公主。因为不懂戏的唱腔，无从和他们的先辈比较，不知道他们演唱得如何。只是感到整出戏还是格外荡气回肠，曾向很多朋友推荐。

当年广和楼戏台前，曾经有这样一副戏联：

> 学君臣，学父子，学夫妇，学朋友，汇千古忠孝节义，重重演来，漫道逢场作戏；
>
> 或富贵，或贫贱，或喜怒，或哀乐，将一时悲欢离合，细细看来，管教拍案惊奇。

这副对联，或许真可以是对《四郎探母》这出戏的概括。上半联说的是杨四郎面对君臣、老母、妻子、朋友，如何讲千古忠孝节义；下半联说的是杨四郎面对命运所带来的悲欢离合，该如何处置。当然，杨四郎也可以是其他人，甚至是我们自己。

# 戏内戏外《锁麟囊》

《荒山泪》、《春闺梦》、《锁麟囊》，都是程砚秋的拿手戏，但在我看来，《锁麟囊》最好。恐怕在程砚秋的心里，这出戏也是最大。否则，他不会垂危在病床前，上级领导来看他，他还是执著地提出希望这出戏能够解禁。这出戏自新中国成立以后曾经演过几场，以后就被扣上了“阶级调和论”的帽子，一直再没有机会演出，这成了他的一块至死未解的心病。

如今，看不到程砚秋当年演出《锁麟囊》的影像资料。上个世纪60年代为保留名家演出剧目，拍过一些电影，程砚秋拍的是《荒山泪》。这成了千古的遗憾。唯一能够听到的是他的演唱录音，我听的《锁麟囊》是1946年的录音，正是他最好的年华。现在，亡羊补牢已晚，只好用他的录音，配今日演员的表演，叫做音配像，勉强燃起人们对昔日的一些残破不全的想象。

戏罢不觉人换世，如今，《锁麟囊》成为久演不衰的一出戏，《荒山泪》和《春闺梦》很少再演。世人和时间双重的淘洗，让好戏如好人一样不会被埋没而

锁麟囊

锁麟囊

锁麟囊

经久流传。只可惜程砚秋已经不在。今天，看这出戏，张火丁的最为火爆，只是票价上千元，有些贵，我选择的是看迟小秋的。论扮相，迟不如张，迟的身材也不如张在舞台上那样袅袅婷婷。不过，迟的表演和唱功不错，她是师从王吟秋先生，且正当年，演绎薛湘灵的人生沧桑和内心的浮沉，骨肉相随，不致流于表面。我也看过李世济的一折，毕竟年老了，老态龙钟，再如何演唱，都不大像薛湘灵，而像薛湘灵的姥姥。

《锁麟囊》这样一出近人写的戏能够成为经典，不容易。之所以能够成功，除了程砚秋的唱腔和表演出色之外，更在于剧本写得好。这得归功于翁偶虹先生。首先，这个题材选得好，是一种艺术的选择，而非出于对时令的躬逢，或对权势的讨好。他将一个原来富家女薛湘灵和一个贫寒女赵守贞，在世事沧桑和命运跌宕的变化中，位置颠倒，贫富互换，然后显示各自的心灵与人性，触摸到人性柔软美好的那一面，让人体味并向往人生值得珍存的一种中和蕴藉的东西，这东西才价值连城，让人有活下去的依靠，让人生有得以延续下去的根基。

记得美国作家奥茨在论述长篇小说创作时曾经说过，一定要把人物放在一个长一点时间段里，因为有时间的变化才有命运的变化，才最能揭示人心和人性，以及性格。这是经验之谈，没有时间的跨度，便没有人性的深度。《锁麟囊》所达到的人性深度，起码在近人所编的戏中，难以匹敌。近读中国戏曲学院傅瑾教授所言：“如果说梅兰芳走的是古典化的道路，程砚秋则走的是人性化的道路。这两条道路构成了京剧旦行最为独特的方面。”他总结得很对。可以这样认为，程砚秋在上个世纪四十年代京戏变革中所展现的姿态和所取得的成绩，多少要超过四大名旦中其他几位一些。其中，无疑《锁麟囊》为程砚秋立下汗马之功。

《锁麟囊》剧本写得好，还在于他写得像戏，遵循的是京戏的规律，而不是如现在我们有的新派京剧想当然的编造，天马行空的挥洒，借助声光电现代科技的舞台背景的炫目。这样的戏，只见戏的大致框架，不见细微感人的细节。看《锁麟囊》，开头“春秋亭”一折，赠囊的戏写得一波三折，而不是草草地把囊送出去完事，匆匆赶路一般将戏的情节只处于频频交待之中。先是送钱，后是送物，都被拒绝，最后将囊中的珍宝拿出，只送囊，权且留个纪念。层层剥笋，层层递进，最后剥离了物的存在的囊，便成了比物更珍贵的情意与人性的明喻。写得真的是细致入微，将两位人物的心理性格活脱脱地写出来。富者实在是出于真心的同情，贫者却守住贫而不贱的底线，一个囊的道具运用得淋漓尽致，并将这个道具成为命运的一种象征物和戏的一种悬念，留存在下面的戏中呼应和发展。

薛湘灵和赵守贞的劫后重逢，与春秋亭中第一次雨中相遇，大不相同。如此重逢，该如何去写？想起当年我考中央戏剧学院时写作题目便是《重逢》，重逢，从来都是写戏的褃节儿之处，衡量一个人会不会写戏。《锁麟囊》中将第一次相遇和后来的重逢，分别放在大雨和洪水劫后的背景中，让大雨和洪水不仅成为剧情发展必备的情节因素，更成为人性中天然命定的一种隐喻。如果不是大雨，她们不会相遇；如果不是洪水，她们不会重逢；但如果一切如果都不存在，也就没有了丰富复杂的人生。人生所有的困惑和哲理，有时都存在于偶然之中，命运的大手偶然挥舞的一拐弯儿，大让历史、小让个人的命运，都会发生天翻地覆的变迁。

再看“三让椅”一折，用的方法和赠囊一样，也是一波三折，表现的手法却有了变化，不再是赠囊那样从情出发的深沉，而是改用以趣为主，让人忍俊不禁，让人替薛赵二位会心会意，其创作手法的多样性，令人击节。

当然，唱词的妙处，也是其中要义之一。最初听到“三让椅”后赵守贞对薛湘录唱的那一段：“耳听得风声断，雨声喧，雷声乱，乐声阑珊，人声呐喊，都道是大雨倾天。”觉得真的是好，紧促的短句，一连五个“声”，如五叠瀑一样，一路跌落而下，溅得水花四射，让水流迤逦而来，好不流畅。再听薛赵重逢时薛的另一唱段：“这也是老天爷一番教训，他教我收余恨，免娇嗔，且自新，改性情，休恋逝水，苦海余生，早悟兰因。可怜我平地里遭此贫困，我的儿呀，把麟儿误作了自己的宁馨。”依然是一连串紧促的短句，大珠小珠落玉盘，清越深沉，很是打动人。前后句式的呼应，造成了衔接和对比，让戏的情节在唱腔中回环曲折，婉转流淌，实在是这出戏的妙处所在。据说，这两段叫做“垛句”的唱段，出于程砚秋的要求，他对艺术自觉的追求和灵性的感悟，为这出戏锦上添花。

这出戏这两处唱段，在我看来最为精彩。再加上最后戏中薛湘灵飘逸灵动的水袖，构成了戏的表演的华彩乐章，让戏中的人物和情节，不仅只是叙事策略的一种书写，而成为艺术内在的因素和血肉，让内容和形式，让人物和演唱，互为表里，融为一体。这才是真正的京戏，为演员提供了充分表演的空间。在这方面，迟小秋的演出很精彩，起码一点不比张火丁差。

看完《锁麟囊》之后的第二天，还是到长安戏院看戏，依然是坐在楼上，依然看见北京市前副市长张百发坐在楼上第一排的中间，他是个戏迷，在长安戏院看戏，常能看到他，并不奇怪。演出开始没多久，看到一个矮小的女人摸黑走了过来，坐在他的身旁，陪他看戏，不时还交头接耳几句。细看，是卸了妆穿着便装的迟小秋。忽然发现，和在舞台上光彩照人的薛湘灵完全不一样。心想也是，戏台上的人物，和戏台下的演员，本来就不是一个人。看戏，看戏，看的是戏台上的人物。他们和现实拉开了距离，却显得比现实更真实而感人。

那时心里暗想，如果是程砚秋先生脱下戏装，从台上走下来，一直也走到眼前，会是什么样子？

## 《焚绵山》是埋伏好的一枚刺

中国文化，真的是博大精深，观照现今世界，几乎都可以从中找到相对应的文本。而且，越是古老的文本，越有醒世的寓言味道，对应得楔子一样越发的严丝合缝。仿佛上千年之前，老祖宗早就先知一般预设下了这样一道文本，如事先埋伏好的一枚刺，看看是否还能够刺疼如今我们麻木的神经。

《焚绵山》是一出老戏，讲的是春秋时期介子推的故事。那时，介子推追随晋公子重耳流亡 19 年，艰苦岁月中，断炊之时，介子推“割股啖君”救过重耳的命，成为那个时代震撼人心的传说。重耳登上王位，成为晋文公之后，所有当年陪他一起流亡的人，一一都封官晋爵，唯独少了介子推。介子推看不惯重耳舅父狐偃邀功请赏的嘴脸，早和母亲一起归隐绵山。还念旧情的重耳力挽介子推出山做官，介子推执意不肯，以致重耳最后想出这样一个损招——烧山以逼出介子推出山，没有想到介子推就是活活烧死在绵山柳树之下，也不肯屈尊纡贵，俯首听命。

焚绵山

焚绵山

当年马连良饰演戏中的介子推，这是一出要唱又吃功夫的戏，没两下子的，一般不敢接招儿。如今，看北京青年京剧团的演出，十分精彩，张建峰和沈文莉演的介子推和母亲，着实不俗。纷飞的大火完全是虚拟的，靠的是演员的手眼身步法之功力，驾驭舞台上之极简主义，在咫尺天地间调动起漫天火烧，遍山树鸣，如此的风生水起，那才是京戏的魅力。“烧山”一场，母子俩人奔突于山火之中，最后从山上翻身滚落，真的扣人心弦，程式扑跌动作表演中，母亲翻落下来时头套掉了，满场观众惊讶一声，没有叫倒好，反倒是一片掌声，便是对他们演出最好的报答。

戏演完了，不少观众站在那儿不走，感慨万千。重情重义的晋文公下令介子推的死日为寒食节，全国禁火禁灯，食冷粥，栽柳树，以此纪念介子推。在中国，还有为了纪念一个人，而在和我们农事密切相关众多节气之中专门设置一个节令，以此让他的生命和我们的生存血脉密切关联，以致成为我们的民俗的吗(端午节和屈原另议)？所以，我说越是老戏越值得看，那戏已经不仅仅是戏，而是老戏成精，锤炼出一株老参一样，能够吸收天地之气，熬出万千味道，滋养后世的我们。

想想如今的官场，还能够找得到如介子推一样的人吗？那些疯狂买官、卖官、跑官，明目张胆伸手要官、抢官的事例，我们见到的还少吗？如果他们和介子推一样曾经有过“割股啖君”的相似经历，那还了得？还不成为了沉甸甸要官的筹码？如此被火活活烧死也不肯出山做官的介子推，在他们的眼里还不成了头号的大傻瓜？

戏如人生，汇聚千古忠孝节义。虽说介子推和他的故事早不是如今为官者信奉的楷模和道德基调，虽说现代官场文化已经无法完全对应春秋时代的官场文化，日渐堕落的官场文化，也非一出老戏就能够拯救，但戏里所传达的文化力量，还是会渗透到我们今天哪怕已经干涸的土壤，依然会成为哪怕再丑陋现实之中的釜底之薪。对于处于脱缰野马一般的官场文化，它依然具有着醒世恒言一般警醒的力量。

传统的戏文，历史的文本，毕竟从民间和庙堂两方面，承载着并保证着我们文化的延续。在那么多古有狐偃今更有前仆后继的要官买官者的对比下，正身律己、知黑守白、直不辅曲、明不规暗的介子推的存在，还是一种力量的显示，他所信奉的“取一文则官不值一文”的理念，依然是一种力量的昭示。所以，介子推成为了我们民族节气里的一个节令，老戏成为了一千零一夜里的一个寓言。

# 《虹霓关》和红泥关

《虹霓关》是一出老戏，过去的旦角名家，没有一位没演过。电影《梅兰芳》的海报，黎明一身素衣孝装，就是《虹霓关》的东方氏的扮相。出于这样的好奇，我特意早早买了票，观看了浙江昆剧团进京演出的《虹霓关》。

演出是十分的精彩，特别是两位主角，饰演东方氏和王伯当的谷好好与林为林，无论扮相，还是唱念做打，都格外抢眼。只是，戏的结尾，和原剧完全不同，让我大出意外。

原本是东方氏生擒了杀死了丈夫的仇人王伯当，萌生爱意之后，在和王伯当结婚的洞房之中，王伯当怒斥东方氏见色忘义竟然那样快和丈夫的仇人结婚，然后将东方氏杀死。这样的戏剧结构，实在让人佩服，虽说是晚清之作，却颇具现代意味。虽说王伯当是瓦岗寨人，东方氏为官府人，但正义正气和江湖义气都融于爱恨情仇之中。过去说这出戏黄色，其实是放大了其中的情欲部分。其实，不过是将情欲跌宕于同样

虹霓关

虹霓关

梅兰芳先生年轻时演出的虹霓关

纷乱不已的战场内外，由此巧妙而深刻地揭示人性深处的幽微末梢。这样的情节，让我们在日后外国电影《第四十一》里依稀可以找到影子。

如今浙江昆剧团的《虹霓关》却生生的让两位出身、经历、爱情价值观完全不同的人，破释前嫌，杀夫之仇冰消雪化，而使得他们结为连理，共同杀退杨林为代表的官府官兵，将虹霓关收入瓦岗阵营。原来一出惨烈的悲剧，轻松地化为了红绡帐里和乱阵军前双喜临门的戏剧。为使得这样改编具有合理性，特意强化了瓦岗农民起义军对东方氏的攻心术，赋予爱情以附加物，让杀夫之仇成为正义之师的一种注解，从而为这一对仇人变情人的爱情增值。如此的戏剧逻辑，遵照的是现代农民起义是历史的动力的英雄史观，和原剧实在背离得太远。不仅将原本王伯当在红绡帐里杀死东方氏的从心理跌宕起伏到外部动作惊心动魄的戏彻底消失，而且将原本梅兰芳演出此剧是上半场扮演东方氏，下半场扮演丫环（因为突出东方氏而大大削减的丫环的戏分），原来一身二角的精彩别致的戏分，也已经看不见了。

当然，我不能说这样的改编不好，任何一出老戏，都是经过不断改编而逐渐完善，被后人所接受的。说对传统的继承，就得一定是纹丝不动，我不赞成这样的继承。但这样改编是否符合古典戏曲的规律，或者说是否符合传统戏曲的继承与变革的要求，值得探讨。特别是如浙江昆曲团《虹霓关》如此彻底的颠覆之路，更应该值得关注。对于这样过于大胆乃至肆意的颠覆，却谓之创新和变革，未见得任何批评，说明我们戏曲理论研究的滞后。虽然2009年曾经在北京召开过规模不小的“中国戏曲理论国际研讨会”，起到良好的效果和作用，但戏曲理论如何不回避现实、不脱离实际，而能够进一步介入并指导当下戏曲改革的实践，似乎还需要做很多努力。我们还缺少如齐如山那样既懂戏曲理论又有实践经验的人，去脚踏实地地帮助艺人和剧团走好戏曲变革革新之路。

浙江昆曲团今天的改动，有这样两个细节，或许能够透露出他们的一些心理依托。一是将剧名改为《红泥关》，一是将东方氏改为东方秀。前辈学者吴小如先生曾经指出《红泥关》的讹传，是“由于从前艺人文化水平关系讹写而成”。如今又为什么偏偏再次讹写？要给本来没有名的东方氏偏偏加上名字，是为其正名吗？小节上添枝加叶，大节处将一个情欲女子轻而易举的翻案为向正义投诚者，为之脸上廉价涂抹了一点明亮耀眼的腮红，不惜牺牲原剧中人性深刻的揭示，也就不在话下。一部悲剧变为大团圆的戏剧，也就这样水到渠成地完成了。在这里，我们看到的，并非戏比天大，而是观念，或曰主题，就是以前我们常说的“古为今用”，对待传统戏曲采取了这样实用主义近乎随心所欲的颠覆，让历史到现实迅速链接，输入今人的血脉。

我一直以为我国传统剧目，每一出能够流传至今的剧目，其内容与形式，从来都是形与神、虚与实、雅与俗相结合的结果，都是经过了几百年时间和观众的双重考验，我们要抱有这样的敬畏之心。千万不要以为我们什么都比古人高明，就敢于随便轻动斧斤。

我想起全国人大代表、山东省京剧院副院长、裘派传人宋昌林，在2009年两会期间发表过的讲话："京剧还是应该以继承为主，首先要把前辈们传下来的东西弄懂了，吃透了，才谈得上创新。继承是创新的基础，一定要先继承后创新。"

问题是我们吃透了什么？是仅仅吃透了今天的精神？还是吃透前辈的精髓？

# 花飞蝶舞梁谷音

上海昆曲团成立 30 年，要到北京演出，听说这个消息，我早早一个多月前就买好了票，其中最想看的是梁谷音的《蝴蝶梦》。

我对昆曲一窍不通，也不想跟随如今新潮的昆曲热凑热闹。昆曲名角众多，却因见识浅陋，只知道一个梁谷音。之所以记住了她，缘于几年前读过她的一则文章，印象很深，说她 2001 年在美国华盛顿索米博物馆，不愿意在博物馆安排好的小剧场里演出，偏选在了小小的展厅里演了《琵琶记》里“描容”一折。只是一人一笛一鼓，没有舞台，甚至没有任何布景，也没有字幕翻译，却演得那帮美国人都看懂了，不仅看懂了，而且还随着赵五娘为婆婆描容来祭奠的悲悲戚戚的感情起落而潸潸泪下。这样的情景，很让我着迷，很是向往，充满想象。梁谷音究竟有什么样的魔力，可以将一曲昆腔如此出神入化，穿越时空，沟通起不同文化背景人们的心灵？

《蝴蝶梦》是一出清人的剧，京剧由昆曲改编时改

花飞蝶舞梁谷音　蝴蝶梦

花飞蝶舞梁谷音　活捉

名叫《大劈棺》。新中国成立后，说有迷信和黄色内容而被禁演。其实，它不过借庄子说事，将一则庄周梦蝶的故事重新演绎，其中对于爱情与婚姻的质疑，颇具有后现代的意味。今天看来依然具有清新撩人的醒世味道。庄周最后唱“万古大梦总相如”，真的是现代故事的古装版，今古交替，充满反讽，互为镜像。

梁谷音饰演的庄周的妻子田氏，第一场“扇坟”，一出场破扇遮脸优美碎步的亮相，就赢得了满堂彩，确实精彩。爱情失去了信任，猜疑和试探成为了家庭的主旋律，庄周荒诞装死，化作翩翩美少年楚王孙，冒充庄周的学生，打上门来，以图与师母玩一段师生恋，来考验妻子一番。果然立马奏效，田氏一见钟情，恨不相逢未嫁时，乃至为救心上人王孙的性命，不惜举斧大劈棺取先夫的脑仁用上一用，真可谓将情与爱、性与欲推向极致。梁谷音将这样一个性格复杂、内心丰富、情感大起大落的妇人，演得花飞蝶舞、鸟啼梦惊，如此风姿绰约，曲净天青。

舞台剧与影视不同，无法出现大特写，一般观众看不太清演员的面目表情，更不会如纸面的小说，可以铺陈大段的心理描写。这就要看我国古典舞台剧演员演出的魅力了。最让我惊叹的是梁谷音能够将看不见的心理和心情演绎得惟妙惟肖，如状目前，看得见，摸得着。这真是本事。她唱功曲折与微妙，我不懂，但看她身段与台步，水袖和眼神，真的是一枝一叶总关情，似乎都会说话，都长着眼睛，都绽开着笑靥。

一招一式，拈襟揽袖，曳裙拖裾，带动得整个舞台跟随着她一起婆娑摇曳，柔柔软软，飘飘欲仙。

别看舞台朴素至极，几乎没有什么新奇和高级的装置，演员也没有浩浩荡荡的人马，一共只是四个人演出，却将舞台充满气场一样，满满盈盈荡漾着的都是戏的神韵和魂儿，咫尺天地，无限江山。

梁谷音善于运用手里的小道具，扇子、红纱、喜花，乃至最后出现的斧头，都被她得来全不费工夫一样，成为了她的另一种表情和风情，彻底地化为了属于她自己的一种艺术创作。特别是那一方透明的红纱，袅袅婷婷，让她上下左右、胸前身后、眼前嘴中、地上地下，翻飞得如同一个火一般燃着的精灵，让我忍不住想起理查·施特劳斯根据王尔德的《莎乐美》改编的歌剧里的那段“七重纱”舞，有着异曲同工之妙。借助它们，将一个闺中寂寞难禁、春心荡漾、欲火中烧、于心不甘又急不可耐、万千风情又敢于叛逆而铤而走险的妇人，拿捏得恰到好处，勾勒得须眉毕现。那种含情欲说、媚眼相看、心事难付、情结如蛇一样盘结得错综复杂，那种从含羞、哀怨到娇憨到放纵到最后情感的喷薄而出，大写意的水墨画的墨汁淋漓的洇染一样，一点点层次分明地呈现出来，将简单的舞台舞动得风生水起。

想想在华盛顿她演出的“描容”，能够令那么多美国人动容，也就信服了。

真不敢想象梁谷音竟然已经是六十六岁的人了。

这就是戏剧的魅力。它混淆了现实与艺术的界限，它让一个演员永远年轻，而将年龄溶解于舞台虚拟与梦幻之中。散场后的北京，月白风清，夜空如洗，难得的清爽，总还想起谢幕时梁谷音将观众献给她的鲜花又使劲抛向观众席的情景，心里盛满感动，和对她的敬意与祝福。

# 花借美人方能红

到国家大剧院看江苏昆曲团新编《1699 桃花扇》。舞台上灯光布景，美轮美奂，简洁的道具，漂亮的服装，特别是巨幅的苏绣，分外惹人眼目。演员的跳进跳出，舞台上道具和场景的即时搬动，既是对传统演出的还原，又有现代间离的效果，看出导演的精心与别致。只是剧场的效果似乎并不像想象的那样好，和前些日子上海昆曲团来京在长安剧院演出的《玉簪记》和《蝴蝶梦》相比，那时观众的反应，和剧情以及演员的互动，更要热烈一些。而《桃花扇》演出到后半场，我旁边和后面几排的观众已经走了大半。

什么原因？不能说演员不出色，不能说导演不尽力，不能说舞台的布置不光彩夺目。

演出时间达三个多小时，过长了些，是原因之一。但主要的问题，恐怕还是出在对原剧本的认识和处理上。如今剧本的删繁就简，足见导演地道的匠心，只是有些贪多图全，将以前需要的连台演出，毕其功于一役在一个晚上演出完，又几乎将剧本里所有的情

昆曲《玉簪记》

花借美人方能红　《桃花扇》

节线都舍不得丢弃，悉数浓缩而呈现在舞台上，难免伤筋动骨。

同《玉簪记》和《蝴蝶梦》这样情节和人物相应单纯的剧作不尽相同的是，《桃花扇》因融入国家兴亡的动荡历史而复杂了许多，主要人物除李香君和侯朝宗之外，还有众多人物穿插其间，尽显那个飘摇时代驳杂的秦淮风月，不简单是才子佳人爱情的悲欢离合。因此，相对而言，这是一部甚至比《牡丹亭》都更要复杂而难处理的戏剧。

如今的《桃花扇》因前半截删去了柳敬亭和郑妥娘几个人物，使得剧情浓缩而简练，突出了李香君和侯朝宗的情节线一目了然。但也因为过于一目了然而减少了原剧的丰富性，缺少了同为青楼女的郑妥娘，少了李香君生活环境的衬映和质感；少了说书人柳敬亭，前后的穿插缺少了人物之间必然的联系，特别是最后一场离乱之时李香君和侯朝宗在荒山破庙中相遇，便没有了原作之中人物心理微妙的起伏和沧桑感的如描如画的勾勒，只剩下匆忙的交代，将舞台上观众最喜欢看的戏的演绎，简化为事件的叙述，只是简单告诉观众李侯二人最后出家了这一结局。显然，这恰恰违背了戏剧的规律，观众兴趣的减弱，便也就找到了答案。因为观众最要看的戏，没有了。

《桃花扇》里侯朝宗赠与李香君的定情之物那把扇子上，李香君头撞桌角，血染桃花时，有一句唱词：叶芬芳草绿，花借美人红。用在这里也合适，观众最要看的是李香君的命运之戏的跌宕起伏，少了这一点，花和美人都难以红。

由此，我想到，对于传统的戏剧，特别是如昆曲这样古老的剧种，每一出能够流传至今的剧目，都是经过了几百年时间和观众的双重考验，我们还是不要轻易大动的为好。如果一个晚上演出时间有限，可以演出其中的几折戏（在我们的戏剧演出中有这样的传统，如京剧《红鬃烈马》、《龙凤呈祥》等都是演出其中的几折），尽量让其中戏的戏味和戏魂之曲折微妙，充分保持原汁原味，让其淋漓尽致地表现出来。

这一方面，是比简单的灯光布景的炫目更为重要的。多年前，我在台湾看同样江苏昆曲团演出的《钗钏记》，虽然没有今天《桃花扇》舞台的美轮美奂，简单至极，只有几把桌椅和一道帷幕，却格外打动观众，以致演出结束后全场雷动，出现久久不愿散去的盛况。在如今新派昆曲热之中，应保持一份清醒。艺术，从来没有进化，只有变化，但变化优劣的前提，是对传统的坚守，雪花的美丽，恰恰在于自身的白一种颜色，而不在于外表涂抹的五颜六色。

# 收拾铅华归少作

看《金玉奴》，纯属偶然。说来奇怪，小时候看戏，其他的戏统统忘记，唯《金玉奴》还留下一点依稀的印象。落难公子风雪之中在讨饭花子的家门口晕倒，而后被讨饭花子的头头的闺女金玉奴一碗豆汁救命，这一情节，虽然过去了五十多年，依然记得，印象颇深。而且，还记得这出戏那时叫《豆汁记》。所以，那天，在报纸上看到长安大戏院要演这出戏，提前两个月就去买票，售票员告诉我，我是第一个来买票的，座位敞开地挑。

看《金玉奴》，也是看自己远逝的童年，让一出戏和记忆做个对照，所谓人生易老戏不老。

我对京戏所知甚少，进了长安大戏院，看巨幅的招牌广告，才知道，为纪念北京京剧院建院 30 周年，演出的剧目很多，《金玉奴》只是其中一出；名角也是很多，《金玉奴》里的演员都是小字辈，所以，其他场戏票最低 50 元，而《金玉奴》便宜点儿，最低只要 30 元。

但是，看了《金玉奴》，真的觉得不错，不见得就比名角差。两位年轻的演员朱虹和常秋月，分别演出了上下半场。到底是年轻，扮相就是漂亮，逼人的青春气息遮不住，满台四溢，会让老一辈人想起以前的女旦名伶童芷苓、言慧珠，或更早一些的刘喜奎刚刚出道时那年轻样子。更可贵的是，她们二位将金玉奴这一角色，演绎得个性突出，且性格随剧情发展层层递进，富于难得的鲜活变化。朱虹的活泼娇羞，常秋月的痛苦沉郁，都处理得得心应手，各有各的侧重，各有各的绝活。上半场金玉奴让父亲替自己向公子求婚时二八少女情窦初开的情怀，碎步轻摇，腰身袅娜；下半场金玉奴落水之后犹如被江水漩涡卷走旋转下场的台步，以及最后洞房里一大段浓情似火的唱，汪洋恣肆，淋漓尽致。

这是一出荀派的老戏，我没有看过荀慧生先生的演出，也没有看过其他人的演出，无从对比朱虹和常秋月与前辈的长短优劣，但凭直感和当晚观众热烈的掌声反应来看，应该说，她们的演出是成功的。过去老戏迷看戏是要看角儿的，所以才有了四大名旦和四小名旦。名角儿和观众是相辅相成的，名角儿和演出也是相辅相成的，也就是说，没有观众追捧刺激的激励，没有演出场数积累的锤炼，演员是成不了名角儿的。

因此，我一边看戏时一边就想，这样优秀的年轻演员，应该多登台演出才是，而且应该多登台演出属于自己的戏码才是。我问了问身边的戏迷，他告诉我《金玉奴》这出戏两年前曾经演出过。心里便想，一出戏如果两年才轮到演出一次，这未免太少，再好的角儿也耽误了。前些天看电视里朱军采访豫剧老演员马金凤，马金凤说她一辈子演了两万多场戏。如今，谁赶得上？又想，过去老北京的戏班子多，彼此竞争激烈，必得演出的戏多不重样才行；再说了，老北京的戏园子多多呀，演员演戏的机会自然就多，一出戏在几个戏园子演一个轮回，无形中就多演了好多场，唱功和演出的经验，以及人气就这样积累了起来。如今，这么大的北京，区区只剩下了长安大戏院和梅兰芳剧院，正经演出京剧了。

人生有代谢，往来成古今，不管怎么说，老一辈的演员毕竟老了。记得张恨水先生最爱看梅兰芳的戏，新中国成立以后，他的孩子好不容易给他弄来了梅兰芳演出的戏票，他却不去了，不想看到舞台上年老时梅兰芳的样子了。荀慧生老时，老作家黄裳先生说“脸若银盆，眉如漆扫，只能闭眼听戏了”。前些天看梅葆玖演出《御碑亭》，他只演了短短一折，那么大岁数了，唱和以前无法比，台步更显得老迈了。如此一想，培养新一代的名角儿确实迫在眉睫，让年轻演员能够多有登台演出的机会，对于国粹京剧的传承，该是至关重要。

黄裳先生是位老戏迷，在他的《老戏新谈》一书中引过这样一句老诗：“收拾铅华归少作，屏除丝竹入中年。”我不知道朱虹和常秋月如今年纪多大了，但觉得未来应该归于她们，舞台应该多给予如她们一样优秀的年轻演员。日子并不扛过，转眼之间，她们就将进入中年，她们自己应该珍惜，我们更应该珍惜。虽说姜是老的辣，但好多地方需要带露折花，和春当神。

# 悲剧怎么就落在了西施的身上

到长安大戏院看诸暨市越剧团演出的《西施断缆》，观众极多，几近爆棚。我对越剧所知甚少，不清楚这是出老戏，还是新编，听唱词和伴奏，看背景与舞蹈，现代味很足，暗自猜想，会是越剧为迎合新时代的观众而做的努力吧？

历来对西施的传说和演绎不一，但有这样两点大致却是一致的：一是西施是中国有名的美女，二是西施在吴越之战中以身救国，换得弱小的越国的胜利。所谓的美人计之中，西施成为了令人赞美的美女兼英雄。

中国的历史，一直处于男权统治下，在国与家、集体与个人、男人与女人的平衡系统和价值系统里，女人总是要成为最先的牺牲品。特别是在战乱之时，民族危亡时刻，极其愿意将女人推向第一线，而且还特别愿意用西施这样所谓的“身体政治”或“情色政治”，完成传统社会中对女人从红颜祸水到巾帼英雄的转换和塑造。过去中国有一道词牌，就叫做《西施》，宋代著名词人柳永曾经专门用这道词牌写过西施，他

西施

说西施从越国到吴国之后：后庭恃宠，军前调态，朝欢暮宴，媚悦君怀。所持的态度和语气，延续着传统的论调，也可以说，所有论及西施的，几乎都是这样大同小异的腔调。说起来，对西施真的不公平。

此次越剧《西施断缆》中的西施，很容易成为这样的一种约定俗成的演绎。这种演绎，几乎成为了我们民族的一种民间心理的认同，从来红颜多祸水，和自古巾帼出英雄，是垂挂在我们心头和潜意识里工整对仗的上下联。其中《西施断缆》中的“断缆”，不仅成为了全戏的高潮，而且也把西施架在火上炙烤。炙烤出来的结果，是西施的贞洁烈女之心和貌似壮烈的悲剧，同时也是我们作为男权社会里所有他者的尴尬。

我想起雨果的长篇小说《九三年》，那里也有一个女主角，叫做佛莱莎，带着三个孩子。她同样出现在革命战争的关键时刻。和我们这里惯常表现得不同的是，雨果没有让女人作为革命的牺牲祭品，而是让这个女人带着她的三个孩子出现在大火里，革命与反革命敌对双方的代表，三个男人为救她和三个孩子而进行了一场同革命意义同等重要的人性的选择，而不是断然让西施断缆而去，用我们自己的手，将心爱的女人送入敌手之中，送入大火之中。如此相比，我们对于西施似乎少了许多怜香惜玉，而显得无情，至少是尴尬。

有意思的是，此次诸暨市越剧团演出的西施，毫不掩饰地演绎了这种尴尬，并且不甘心这样的尴尬而力求新的出路，让他们的西施有一点别样的不同。在传统戏剧和民间传说的甄别筛选之中，可以看出他们的仔细与用心，以及努力别出机杼的翻新。

在传统的吴越之战的演绎里，范蠡总是以正面主角出现的，他为国牺牲了自己所爱的女人，以及最后赢得胜利后带着心爱的女人一起功退归隐，泛舟湖去，形象高大动人，符合中国传统的美学原则和道德精神。这一次的范蠡却不尽相同，西施的表姐痛骂他负心而背叛爱情，虽显得多少有点现代，却表达出了他们对于西施所处男权社会所做牺牲的一种新的理解和诠释。是范蠡把西施一手从爱情的悬崖推入情色政治的漩涡，还要打着爱国的高尚旗号，范蠡便不仅有悖于爱情与人性，更透露着虚伪和卑劣。西施便不像以往，只是面对红颜救国的一种选择，而多了另一种对于爱情的选择。于是，西施才多了面对范蠡失望后投江自尽的戏，使得戏多了以往戏里少有的人性的复杂与起伏，使得西施的形象更加丰满可爱。

戏的高潮，西施被救之后还是踏上舍生取义之路。范蠡紧紧追赶船只，拉住缆绳不放，显得有些矫情和做作，只是此时此刻的西施断缆而举身赴吴，让戏又过于轻而易举地落入老套，是此次越剧演绎努力突围中的落网，显示出他们和我们共有的尴尬。

当然，我们也可以这样认为，此次西施断缆，不是一次突围中的落网，而是突围中的挣扎，可以看作既是对于以身许国的决绝，也是对爱情告别的决绝。西施的光彩，便不止于传统戏里爱国救国，而有了对男人苍白的爱情与男权顽固的社会的些许批判色彩，而使得戏的主题有了多义性。无疑，这是值得称道的。特别对于传统戏剧，面对继承与创新的双重考验，诸暨市越剧团为我们做出了可贵的尝试和努力的奉献。而作为观众，遥远的西施和现代的我们，便能够彼此拉近，互为镜像。只是，这种内容改造的不彻底性，还是显示出他们和我们共有的尴尬。

# 打渔为何杀家

看电影录像《打渔杀家》，马连良的萧恩，张君秋的萧桂英，不要说唱，光看扮相，真的是漂亮。老爷子沉郁中的潇洒，姑娘俊秀中的天真，演员和戏中的人物，无论年龄还是气质，都是那样的吻合。特别是张君秋的桂英，起初都没有觉出是男人的表演，身材那样高挑，亭亭玉立，举手投足，一颦一嗔，真的比一般的姑娘还要漂亮受看。

这是1949年拍摄的电影。那一年，马连良48岁，张君秋29岁，正是好年华。

《打渔杀家》，从最初的多折戏只剩下如今“打渔”和“杀家”两折，可以看出艺术删繁就简的魅力，这是艺人和观众双向的选择和相互的作用力的结果。其实，这出戏的情节并不复杂，甚至可以说很简单。前半截“打渔”演打渔者受渔霸和官方勾结之下的双重欺凌，憋气；后半截“杀家”演打渔者忍无可忍仗剑而行连夜过江杀了欺凌者，解气。为什么如此简单的一出复仇戏，上百年来演出经久不衰？观众看戏看

打渔杀家

的是哪一处而引起心底的共鸣而忍不住的击节叫好？

不用说，以我看到的1949年版的《打渔杀家》而言，马连良的唱，张君秋的演，是吸引人的关键。但那是从剧情之外的演唱出发，是属于艺术的欣赏方面。从剧情本身出发呢？

看黄裳先生上个世纪40年代谈到这出戏时著文言道："我爱这一出戏。它漂浮着一股浓重的忧郁气氛。英雄老去，归隐江湖，只有幼女相伴。"而这个天真无邪的幼女，从小死去母亲，从未出过家门，别家随父去杀仇人，"临刑之前，她居然还要锁门，还想着家中的家具。呜呼，如此善良的女性，难怪萧恩喟然而叹，说：'傻孩子！家都不要了，还顾什么家具呀！'听到此处正是要伤心一哭。京剧之妙，即在此等处。"说的是戏中儿女情长，属于戏之内的人情与人性方面。便使得这出戏不是打打杀杀的复仇戏，只注重外部动作，而有了内在的动人心弦的情感戏。

黄裳先生说的没错。好戏从来都是情感为根基，外部再炫目的情节，失去了情感的血肉，烟花而已，即便灿烂，也只是一瞬的效果。更何况，这动人心弦的情感戏，发生在贫苦人家——且是一对失去家中主妇相依为命的父女——又且是一个只想过平凡日子的退隐老英雄，和一个天真可爱的小女儿的身上。这三重人物关系的设计，呈递进的关系，拧紧了戏中的人物关系血肉相连的密度，加深了戏的情感色彩和深度。这三重关系，又呈辐射的角度，最后的焦点集中在弱势群体上，是受到鱼肉乡里的官府相互勾结的势力欺压之下，且冤屈无处申诉的情形之下，忍无可忍，铤而走险，最后只好诉诸暴力。按照《打渔杀家》戏文里唱的，便是“块垒难消唯纵饮，世道不平剑欲鸣。”虽明知势力之所以成为势力，已经形成牢固锈蚀的链条，萧恩父女的铤而走险不过是杯水车薪，但依然可以大快人心于一时，满足于弱势群体对于恶势力的不满和对于救世英雄的渴望之情。

多少年来的历史，一直呈现这样弱势与恶势对峙的状态，而且一直没有得到根本而有效的改观。《打渔杀家》才一直能够得到共鸣。几乎所有无权无钱又无势的弱势人家乃至一般人家，都希望“打渔”能够是一种日常生活的常态，谁也不会希望铤而走险去“杀家”。走到“杀家”这一步，都是最终连“打渔”都不能维持了。

看这出老戏，让我忍不住想起贾樟柯 2013 年的新片《天注定》。电影里的四个故事，无一不是这样“打渔”不得而最终不得不“杀家”去诉诸暴力的极端现实。现实，总是历史的一种延伸。纵使我们的现实有了长足的发展，早已经不是后水浒年代，但萧恩父女的命运却依然像梦魇一样，笼罩在不少弱势群体的头顶。不从制度上根本革除这些贪官污吏的滋生与攀升的渠道和土壤，暴力事件不可避免。从这一点而言，《打渔杀家》这出经典老戏久演不衰的魅力，在于京剧各派唱腔的荟萃和各路英雄故事的动人，更在于从历史到现实、从骨子到血液一脉相承的顽固轨迹。可以说,《天注定》是现实版的《打渔杀家》;《打渔杀家》是《天注定》的祖师爷。

# 为什么现在要演《窦娥冤》

总是顽固地以为，演《窦娥冤》，河北梆子最适合。河北梆子高亢而悲凉的腔调，和冤屈在心而无处诉说的窦娥，是那样的吻合，是心情天衣无缝的外化，让我们看得见听得清，最深刻又无奈的冤屈，原来就是这样撕心裂肺的。很难想象，用吴侬软语的昆曲演唱《窦娥冤》，窦娥会成为了什么样子，悲苦的冤屈又会成为了什么样子，会不会成为了哭哭啼啼的“小白菜”。

看北京河北梆子剧团演出的《窦娥冤》，真的很感动。王洪玲扮演的窦娥，非常出色，扮相和做派，都没得挑。这是一出格外要唱功的戏，她的唱功从头到尾都是那样饱满而充满张力，特别是最后唱到“三桩愿”的时候，声腔并茂，气遏行云，真的是字字血，声声泪，袅袅余音里也都是浓得无法化解和飘散的悲怨和愤恨，难怪引得观众掌声连连。

我心里想，中国古语说的杜鹃啼血，恐怕就是这样子吧？又想，即使是真的窦娥，也未必能将自己的

河北梆子《钟馗嫁妹》

冤屈诉说得这样淋漓尽致，这样遍地开花一般四处炸响而荡漾起辽远的回声。况且，还有死后六月飞雪、三年大旱和血溅白绫的“三桩愿”。这是艺术赋予窦娥身上的拓展，让冤屈在艺术的浸泡之下，露渍霜晕，月重风凛，化为天上的雪花、地上的大旱和飞溅在半空中的碧血这样浓烈的意象，沉甸甸地砸在观众的心头，炫目地悬挂在舞台之上。

这就是戏剧的魅力。在世界戏剧史上，我没有看过任何一部剧作在描写冤屈能够赶得上《窦娥冤》的。真的要佩服关汉卿，写冤案的戏，世上有许多，《杨乃武与小白菜》也是写冤屈，要我说，赶不上《窦娥冤》。《杨乃武与小白菜》太实在，《窦娥冤》则不满足于实，而有了浪漫主义表现，便把冤屈表现得更深一层。特别是六月雪，你得佩服和感谢关汉卿的想象力是如此的丰沛，他让冤屈得到压抑之后的迸发，让无处伸张的正义得到了理直气壮的张扬，让一个孤独无助的弱女子获得了天威神助一般的力量。还有什么比得上三伏天漫天飞雪这样感天动地的力量？舞台上，还曾出现过如此震撼人心的壮观景象吗？心里便一个劲儿地想，为什么几百年来《窦娥冤》一演再演？只要这个世界上还有冤屈，就会有《窦娥冤》上演。关汉卿让窦娥和六月雪成为了中华民族的一种民间象征。

要感谢北京河北梆子剧团的精彩演出，他们不满足于对于经典剧目照本宣科式的演绎，而希望老戏新唱，翻出新意。传统的《窦娥冤》是从窦天章卖女给蔡婆开始，如今的演出则把原来戏的后面章节提前，从窦天章翻阅案子，窦娥化为鬼魂与父周旋开始。这是很好的改动，如此一开场浪漫主义的处理，和后面六月飞雪的浪漫主义的结尾，呼应得契合，气脉贯通，而且有了现代的感觉。特别是他们对于一块长方形台子的运用，一会儿作为窦天章官府中的案台，一会儿作为窦娥晾晒衣服的院子，一会儿作为窦娥被关押的牢狱，简洁而充满形式感和象征性，以少胜多，充分调动了戏剧的虚拟性，非常中国化，也和戏曲的形式非常贴切。

只是剧的一首一尾，用多媒体的形式将祈雨中龟裂的大地和纷纷而下的雨水，那样实实在在的加以表现，我以为多余，有些画蛇添足，戏到漫天飞雪结束就已经恰到好处。如今戏曲舞台花样翻新，流行向影视靠拢，其实和传统戏曲艺术是相背离的。我们的河北梆子犯不上赶这个时髦。

# 曲剧该是一种什么味儿

如今，在北京讲究的是登长城、吃烤鸭、逛燕莎。在老北京，却是如果不喝一碗豆汁，不逛一次大栅栏，不听一回曲剧，算不上一个地道的北京人。这么说，并不是有意抬高曲剧，京剧和评戏也是北京人必不可少之选，但相比较而言，曲剧更下里巴人一些，地道北京的腔调北京的味儿，更为一般普通老百姓所接受。否则，无法理解20世纪六十年代，《杨乃武与小白菜》一连能够演出三百多场，引得一国总理周恩来自己跑到在大栅栏里的前门小剧场，兴致勃勃观看演出。

这要归功于魏喜奎和老舍先生的倡导和身体力行，要归功于北京曲剧团几十年来几代人的不懈努力和薪火相传。2009年9月上演的曲剧演出季一共十出新老剧目，便是他们的心血结晶。

如今地方剧种处于弱势，生存普遍处于艰难之势，花样繁多却也如二八月乱穿衣的演出市场，容易让观众在选择之中乱了方寸，热闹和奢华、搞笑和乱炖、崇洋或媚外的样式，洋溢并走俏在商业化和娱乐性的舞台上。如此蓬随风转之中，能够守身俟时，将曲剧这样地方剧种坚持60年，实在并不容易。因此，虽然并不懂曲剧，但我对他们一直怀有敬意，以前曾经看过《北京人》和《正红旗下》，这个演出季，特别去看了《烟壶》和《杨乃武与小白菜》。

应该说，演出都很精彩，具体比较，坦率地说，还是觉得老戏更有曲剧的味儿。在我仅仅看过的四出曲剧里，以为《杨乃武与小白菜》最突出。特别是宿晓默出演的小白菜，虽然扮相略显苦相，没有当年魏喜奎俊朗，但那苦相却也和苦命的小白菜相吻合，而且关键是能够听出几分魏喜奎奉调大鼓的味道来，触摸到曲剧隔代传承的轨迹。戏的结构更是好，一环紧套一环，严谨干练，毫无旁枝横倚，又紧扣人物的命运发展情节，扣人心弦，动人心魄，能够看出老一辈艺术家在艺术实践之中千锤百炼的成果，有以往三百多场演出做底子，是经过了时间和观众双重考验的，不含糊。

演出结束，回家后兴犹未尽，在网上特意找到了魏喜奎演的《杨乃武与小白菜》。应该说，魏喜奎唱得真是好，不得不佩服，特别有味儿。忍不住和刚刚看完的宿晓默饰演的小白菜做对比，我在想，这个味儿究竟是什么味儿？

作为从奉调大鼓和北京评书脱胎繁衍而成的曲剧，这两者构成的味儿，不简单只是一加一等于二的二合一的味儿。那样的话，便只简单的起到了戏曲里传统曲牌的作用。无论奉调大鼓，还是北京评书，流行于老北京，都是以说唱艺术的形式，和民间百姓的心理和趣味同构。因此，从某种程度而言，曲剧的味儿，就是老北京的味儿；曲剧的味儿，是老北京的这个特殊的味儿才行。

在这里，我特别强调的是老北京的味儿，是和新北京的味儿有着明显的区别的。拥有了这样老北京的味儿，曲剧才有了自己的特色，自己的魂儿，让人们看了才能够涌起怀旧之情，拥有了属于老北京的乡土之息和烟火之气，也就是说，才接上了地气。所以，即使现在我们来听魏喜奎和关学曾的老段子，哪怕只是短短的一小段岔曲或引子呢，也会感到是味道十足，听他们二位的唱，老北京一幕幕就栩栩如生的在眼前荡漾，那味儿是和老北京的胡同、四合院，和天棚鱼缸石榴树、先生肥狗胖丫头联系在一堆儿的，那地道醇厚的北京味儿，就跟吃了芥末墩一样，一个劲儿地往上蹿。

这样一想，今天的演出虽说已经够好，如果精益求精，总觉得还少了那么一点味道，特别是唱词衔接处和结尾的拖腔，魏喜奎唱得不费力，水到渠成，妙自天成，余音袅袅，不绝如缕。看来不仅是嗓子的功力，我们今天的演员的嗓子一点不差，关键是对曲剧这门地道北京艺术的理解和传承的问题。

因此，如果说我此次看曲剧觉得稍稍不过瘾的，或者说要提点儿意见的话，那就是如何深入学习继承老一辈的技艺，把曲剧唱出曲剧的味儿来，还真的需要再琢磨琢磨，下下工夫。特别值得注意的是，我还想说下面两点，我把它们概括说来为“两不靠”，供诸位参考——

曲剧虽说也是一种戏剧，但脱胎于说唱艺术，其说唱的特点要格外强调。也就是说，既要吸取其他戏剧形式的优点，又不要失去说唱艺术的本色。说唱艺术的本土化和民间性，决定了曲剧一定属于下里巴人，而没有必要使劲地往阳春白雪那里靠。

另一点，不要向歌剧靠拢，歌剧姓歌，曲剧姓北，两股道上跑的车。曲剧自身说唱特点，不仅靠嗓子，更得靠味儿。现在的音乐有庞大的乐队支撑，丰富倒是丰富了，但也得注意别失去或淹没了曲剧原本弦子和大鼓的主体音乐伴奏的织体。京剧在样板戏时期，也曾经用管弦乐队伴奏，但现在基本改了过来，回归传统的老几样简单伴奏了。听魏喜奎的唱，伴奏比起现在简单得多，味道却足，这里的原因是什么，我不懂，但值得行家研究。

# 老板的汗血马和骆玉笙的花盆鼓

如今，新编或新派京剧，总是令人怀疑。有些艺术，特别是古典艺术，新字常常是顶在奶油蛋糕上的那一粒樱桃，不过是噱头而已。新近，由美籍华人跨界导演，推出的一场新派京剧《霸王别姬》中，就是这样打着新字牌的一出蹩脚京剧。剧中最令人叹为观止的是，最后竟然不伦不类地牵上一匹汗血马，充当乌骓马抖擞上台，在乌江边让霸王与之告别。看最新一期三联周刊报道，这匹汗血马价值几百万，是投资排演这出京剧的老板的心爱之物，他希望导演让这匹汗血马登台露个脸儿。于是，这匹汗血马，和霸王一起联袂也成为戏里的一个角儿。

这实在是件有意思的事情。资本介入艺术演出的市场之后，无论国内还是国外，历来什么事情都可以发生。以前听说，投资戏和影视的老板为捧红自己心爱的女人，要求导演让其出任主角或其他角色，凭着老板的财大气粗，导演和剧组无可奈何，只好签下城下之盟，让一些并不着调的女演员在戏中滥竽充数。

霸王别姬

霸王别姬

击鼓骂曹

没有想到，由于老板的喜好不同，如今的老板改换了章程，变女人为汗血马。

此番汗血马慷慨亮相，照导演的谦虚的说法，是给观众一点小的惊奇。其实，牵真牲口为活道具，这算不上什么新鲜和惊奇，好多年前，在北京体育场上演威尔第的歌剧《阿依达》，早就请来真的骆驼登台上过场，不过是作为炒作的卖点而已。再早还可以举出京剧名角金少山的例子，在上个世纪的30年代，演出《扒蜡庙》时，就曾经驾着一只活鹰登过台，可以说是今天《霸王别姬》中这匹汗血马的鼻祖。

要说舞台上真让人叹服的创新和惊奇，倒让我想起了已故的艺术家骆玉笙老前辈。

曾经看过这样一段录像，是80岁高龄的骆玉笙演唱京韵大鼓《击鼓骂曹》。过去京剧演员常常演出这一折戏，击鼓是戏中重要的表现手段，当时有名的杨宝忠和贯大元在戏中击鼓的鼓套子，都曾经令人格外称道。这一段京韵大鼓，来自对京剧的改编，是一个传统的老段子。骆玉笙师从少白派白凤鸣先生。但是，无论白先生，还是以往演唱这段《击鼓骂曹》的其他演员，都只是单手击打板鼓。骆玉笙为了演唱更加身临其境，更加富有韵味，改一般常用的板鼓，而将一个浑身通红的花盆大鼓请上台来。那大鼓状若硕大的花盆，骆玉笙站在鼓前，显得格外娇小玲珑，便越发显得鼓大而强劲有力。这是以前京韵大鼓没有出现过的道具。为此，骆玉笙专门向京剧名家杨乃鹏一板一眼地学习击鼓，练得炉火纯青。显然，这也是京韵大鼓从未有过的表演方式。

在唱完祢衡一通鼓“惊天动地”，二通鼓“悲喜交加令人惊”，三通鼓“似有金石之声”，再唱一句“众公卿凝神倾听”之后，骆玉笙弃板鼓而击打大鼓，先鼓点，后加入胡琴声，时紧时缓，时高时低，密如骤雨，疏似断鸿，最后，声声紧逼，步步惊心，将那鼓点打得真是出神入化，让这一通纷繁错落的鼓点为现场营造出来不同凡响的气氛和气势。一长段节奏分明的鼓点之后，骆玉笙张口再唱，才有了后面祢衡的骂曹。如此前面的击鼓成为了表演也成为了内容不可分割的组成部分，使得后面的骂曹有了足够的铺垫和渲染，才显得水涨船高般让这一段大鼓达到高潮。于是，这个花盆大鼓和祢衡一起成为了主角，骆玉笙让它有了突出的形象，也有了缤纷的声音。

任何艺术形式都需要不断地创新，创新是没有错的，只是创新不是哗众取宠，不是非要将老板的心爱之物亮相于舞台。因为舞台自有舞台的规律与规范，不是老板的私家花园或多宝格，非要将其宝马拉出来遛遛，或将其其他宝贝展示出来看看不可。特别是京剧，是讲究虚拟的写意艺术，几把桌椅和一道帷幕，都能够调动起五湖风雨，万里关山，并非戏中有马就一定得牵匹活马上来。骆玉笙年迈时演唱《击鼓骂曹》，请上花盆大鼓，无疑是借鉴了京剧的内容而丰富了京韵大鼓自身的表演形式。过去，京剧里讲究“冷锣”和“急鼓”。周信芳演戏时便常用“冷锣”，他道白“此话怎讲?”紧接着便是一声“冷锣”，气氛一下子别开生面。而京剧开场前的急急风中“急鼓”的作用，常常是整场气氛的烘托。骆玉笙衰年变法，将京剧的鼓点融入京韵大鼓里，鼓点不仅是起伴奏的作用，而且和内容和人物和情境融为一体，把一段传统的《击鼓骂曹》演唱得高潮迭起，别具一格，这才是真正的创新。

在舞台上，请上汗血马，和请上花盆鼓，都算得上是别出心裁，但真创新和伪创新的区别，明眼人还是能够一眼望穿的，那便是一个是为了艺术，一个是为了自己；一个是为了观众倾心，一个是为了资本屈膝。

# 牡丹亭的手机声

在报纸上看到了北方昆曲团要在长安戏院演出《牡丹亭》，早早就去买了票。心里有思想准备，昆曲在北京远不如歌星或笑星的演出那么热闹得爆棚，而且，演出之前，剧团也没怎么宣传。但到剧场一看，比我想象得要好，人很多，特别是年轻人不少，一打听，不少是戏曲学院的学生，不知是有票还是没票，演出开始了，他们（也许不仅他们）还在乱找座位，人影幢幢，第一折“训女”基本没有办法看。

说来惭愧，这是我有生以来看的第二场昆曲。第一场是两年多前在台北看的江苏昆曲团演出的《钗钏记》。竭力劝说我看那场戏的龙应台对我说过，《牡丹亭》当是昆曲中最美的，更能够体现昆曲的特色和魅力，便想一定要看。等了两年多，杜丽娘和柳梦梅终于在姹紫嫣红中翩翩向我走来。

与我仅仅看过的一场南派昆曲相比，北方昆曲团的演出似乎在布景的处理上多了浓郁的色彩，剧本的删繁就简更大刀阔斧一些。至于表演，我不大懂，却

苏三遇杜丽娘惊了谁梦

琵琶记

一样赏心悦目，特别是梅花奖得主魏春荣扮演的杜丽娘，游园惊梦中载歌载舞，裙裾飘逸，长袖舒卷，无论唱工，还是做派，都是那样气脉贯通，诗意盎然，足令天雨花，石点头。“拾画叫画”中，杜丽娘和柳梦梅一段人鬼情未了，在小小的舞台上，没有任何的道具，只有音乐、唱段和舞姿，演绎得那样情深意切，感天动地，出神入化，勾魂摄魄，真是令人叹为观止。

我一边看，一边不住佩服汤显祖，四百多年以前编的戏，一点不输于莎士比亚（罗密欧与朱丽叶能赶得上杜丽娘和柳梦梅吗），现在谁又能够赶得上？说是古典的，现代的玩意儿，比如象征、写意、诗化，乃至心理刻画中的意识流，上天入地的无技巧剪接，一一在里面都能够触摸得清晰、鲜活而生动。就是你一句唱词也听不懂，你只要知道这是一出渴望爱情而使人变成鬼，在爱情的感召下重新赢得了生命的剧情，你就一定能够看得懂。杰出的戏剧，就是有这样的魔力，那是一种能够迅速链接起人们心灵无须翻译的世界语。上海昆曲著名演员梁谷音，到美国华盛顿演出《琵琶记》中的“描容”一折赵五娘祭祀公婆的戏，没有字幕，就凭着一纸简单的剧情说明书，不就把美国人都看得涕泪泗流吗？

同时，我也在悄悄地想，如果把这出昆曲改编成话剧或歌剧行吗？改成话剧是肯定不行，不要说汤显祖那唱词中的韵味会大打了折扣，就是许多人鬼之间写意的东西，也容易在话剧中水土流失，出来的根本不是那味儿了。改为歌剧就成吗？也难说，歌剧中或许能够保留着昆曲中原有唱腔优美的东西，但杜丽娘那种舞姿翩翩就难以有淋漓尽致的体现，而杜丽娘那种芭蕉叶上雨、芍药梢头风一般的载歌载舞，如写意的水墨画一样，晕染着整个舞台之上，恰恰是昆曲中独一无二的呀。也许，只有音乐最合适表现它，已经有了一首闻名世界的小提琴协奏曲《梁祝》，如果再有一首杜丽娘和柳梦梅的《牡丹亭》，肯定是不错的选择。

不过，在艺术的选择问题上，从来都体现着艺术家、观众和社会共同构成的艺术趣味和价值标准。在一个浅薄得如同一支火炬冰激凌入口即化的小品和流行歌曲走俏的现实面前，年轻人对昆曲的冷漠，是必然的，却也是无法挽回的损失。作为和古希腊戏剧、印度梵剧并称为世界三大最古老戏种中的一种，昆曲是唯一硕果仅存的，说它是我们民族的骄傲，一点不为过。如果一辈子没有看过一场昆曲，实在是一件无法弥补的憾事。已故的戏剧家陈白尘老先生曾经愤慨地说过："中国大学生都应该以不看昆曲为耻。"现在的大学生都以不看托福教材为耻了，真是风水流转，再也难以出现为梅兰芳和俞振飞联袂演出昆曲不惜花一条黄金买一张门票的壮观了，那样的前尘往事，落花流水春去也。

昆曲就是现在我们自己的一面镜子，许多我们民族带有根性的东西，都从这样的镜像中飘落散佚，拥有五千年悠久文化历史的我们，常常在许多方面变得已经没什么文化。似乎是为了给我这种想法注解，在演到“拾画叫画”的时候，我旁边一人的手机突然像是被踩着尾巴似的惊叫了起来，因为正在杜丽娘的一唱三叹的唱段中，那声音显得不那么和谐，却使得《牡丹亭》有了意外的一种间离效果，似乎是古代和现代、内心诗意的表达和数字化直白的宣泄，完成了无意却有趣的对比和拼贴。想想在《牡丹亭》中有这样的句子：“有风有化，宜室宜家。”自然，那是陈最良老儒对当时年轻人的训诫，却像是为今天编好的一样，如今的小资们的有风有化是表现在去宜家买家具，去星巴克喝咖啡，去哈根达斯吃冰激凌，能够有空来看一眼昆曲的已经很不错了，就不能够再怪他们的手机了。

戏结束了，我身边的年轻人正在忙着或是打手机或是发短信，顾不上掌声中仅仅一次的谢幕。我还在鼓掌等着演员的再次谢幕，但那幕布再也没有打开，一会儿的工夫，观众已经走了大半。我还是忍不住和在台北仅仅看过的那一次昆曲做对比，响亮的掌声中，演员谢了一次又一次幕，观众迟迟不肯离去。据说，上海昆曲团在台北演出《牡丹亭》的时候，全场轰动，掌声更是热烈得让演员根本谢不了幕。

眼前的大幕却紧紧地闭合着。

# 在台北看昆曲

十二年前的冬天，我在台北，当时任台北市文化局局长的龙应台女士，力邀我去看一场昆曲，是江苏昆曲团来台北演出的全本《钗钏记》。说心里话，不仅对昆曲，对咱们那些包括京剧在内的一切国粹，那时候我都不大感兴趣。按照前辈吴小如先生说的，对于中国戏曲，我也就是“幼儿园水平”，虽然毕业于中央戏剧学院，正经学过中国戏曲史，却没怎么好好学，连所谓南北昆曲的代表人物俞振飞、韩世昌是谁都不大懂，昆曲中最著名的《牡丹亭》，也只知道“游园惊梦”里杜丽娘的一句唱词:“原来是姹紫嫣红开遍，似这般都付与断井残垣……”那天晚上，我的心在台北市交响乐团演奏的穆索尔斯基的《展览会上的图画》，哪儿想看这个《钗钏记》呀。

但是，龙应台一再说，你一定要去看看，不仅去看看昆曲，也看看台北人是怎么看昆曲的。这话话里有音，倒引起我的好奇。那天晚上，我放弃了穆索尔斯基，找到了位于台北市中心的新舞台剧场。这个剧场是辜振甫先生的女儿私人经营的，因为她喜爱我们中国的戏曲国粹，新舞台专门演出各种戏曲，也算是台北一绝。我去的时候很早，但剧场里面已经人山人海，热闹得像是提前在过年。我看见龙应台到了，还看见了余光中、白先勇和席慕蓉几位台湾著名的作家也都来了。龙应台告诉我，他们都是专门跑来看昆曲的。上午开会时刚见过席慕蓉，午饭也在一起吃的盒饭，下午她刚刚回到家，晚上又从淡水跑来，不过算是最近的，因为余光中是从高雄坐飞机来的，白先勇最远，是从美国赶来的。龙应台很有几分自豪地说，几乎整个台湾文化名流都赶来看这场昆曲，只要在台北演出昆曲，他们一定要从台湾各个地方，从香港甚至美国赶回来看的。那弦外之音是：你还不该来看看吗？昆曲尚未开场，剧场里的呼朋引伴、相逢甚欢、笑语喧喧的场面，真的像是在过节。

说来，真是浅陋，我是第一次看昆曲。这次来自南京的江苏昆曲团是我国六大昆曲团（六大昆曲团都曾来台湾演出过）之一，水平相当的高，昆曲本发祥在江苏昆山，明清期间，南京是昆曲的重镇，历史渊源极深。因此，他们没有到达台北之前，这里的报纸就已经大肆宣传了，门票更早就销售一空，可是比大陆要热得多。别的地方我不大清楚，起码比在北京要热，北京的长安剧院和湖广会馆剧场，应该说是和这里的新舞台剧场一样，也是专门演出戏曲的，如此火爆的场面，我是没有见过。

这次上演的《钗钏记》是昆曲的一出老剧目，明朝王玉峰编的本子。提起昆曲的历史，王玉峰虽然赶不上汤显祖、洪升、孔尚任有名气，他的这出《钗钏记》却是昆曲里非常有名的剧目，几百年来常演不衰。剧情现在看来也许并不新鲜，讲的是一介贫寒书生和富家女儿相爱，先是不成，后是历尽艰辛，再后是男的中了状元终于和女的成亲，悲欢离合一杯酒，南北东西万里情，最终大团圆落幕。对于我这样非要看新奇的外行人来说，懂行的人肯定要笑话的，昆曲有这样看的吗？品一杯浓酽的功夫茶，能够像是吃火锅那样，必得是锅里面热闹非常锅外面还得热气沸腾吗？昆曲历来被看成高雅的艺术，它的曲调和唱词，被称之为“雅部”，和大鼓词、相声绝对不是一回事，唱昆曲，看昆曲，虽不必非焚香沐浴，却都是雅人而非俗人做的事情。如果不是后来徽班进京，京剧拔去了头筹，几百年来，昆曲一直是雄踞剧坛的霸主。

也许，因为我抱着这样的态度去看昆曲的，上演半天，怎么也难进入剧情。记得叶圣陶老先生在上世纪 30 年代写文章时，说昆曲是“写意的”，“演唱昆曲是厅堂里的事，地上铺一方红地毯，就算是剧中的境界”。虽在戏剧学院上课的时候就知道这是比布莱希特的“间离效果”还要早得多的艺术，却就是进不去这样的境界。再加上唱词听不懂，不断拨浪鼓似地侧过头看边幕上打出的字幕，更是难以在简单的红地毯布景（偌大的舞台显得越发的空荡荡），和一个字要拖长十几拍的唱腔中进入剧情。看看身旁的观众，人家津津有味地看得入迷，欣赏的并不再只是剧情，而是演员的举手投足的表演和唱腔一波三叠的韵味，自是觉得和人家是两股道上跑的车。

白先勇在他的文章中曾经充满感情说过和叶圣陶相似的话："昆曲是最能表现中国传统美学抒情、写意、象征、诗化的一种艺术，能把歌、舞、诗、戏糅合成那样精致优美的一种表现形式，在别的表演艺术里，我还没有看到过，包括西方的歌剧芭蕾，歌剧有歌无舞，芭蕾有舞无歌，终究有点遗憾。昆曲却能够以最简朴的舞台，表现出最繁复的情感意象来。"

上海昆曲著名的表演艺术家梁谷音先生指出昆曲的境界时说："音乐越简单，演出形式越简单，就越接近纯粹的昆曲，昆曲当时都是在庭院里演的啊。"昆曲这种咫尺千里以少胜多的简朴形式，蕴涵着无限想象空间的艺术，正是其魅力的精髓所在。前两年，梁先生到美国华盛顿演出《琵琶记》中的"描容"一折赵五娘祭祀公婆的戏，没有什么舞台，没有什么灯光，也没有什么布景，没有麦克风，也没有一点字幕，只是一把笛子和一个鼓的伴奏，加上她一个人的演出(凭着一纸简单的剧情说明书)，却把观看的美国人都看得涕泪泗流。地道的昆曲，就是如此的出神入化，勾魂摄魄。

当然，这都是后来专门找来看的，说实话，对自己在台北那晚看昆曲的表现，真是很惭愧，面对这样丰富而美好的艺术，只能够说明自己的无知和轻薄。

那天演出，最出彩儿的是丫鬟和丑角。女方父亲嫌贫爱富，非要逼书生皇甫吟退婚。女儿碧桃不肯，令丫鬟传话约皇甫吟花园相会，好赠其钗钏让他一夜变富，却被皇甫吟的好友韩时忠冒名顶替，不仅骗走钗钏，而且使碧桃投水自杀。韩时忠便是和丫鬟博得喝彩颇多的那个丑角，他们两位的对手戏让观众忍俊不禁，连连爆发掌声。丑角的扮演者吕福海，丫鬟的扮演者陶红珍，都是昆曲界的名角，我是一无所知，但台湾人却熟悉得很，特别是陶红珍曾经在 1997 年来过台北，那次演的也是《钗钏记》，不过只是“相约”和“讨钗”两段折子戏。台湾人如数家珍地告诉我这一切，仿佛她是他们的老朋友了，让你不得不服气，除了他们对昆曲的热情与熟稔，还有他们对大陆昆曲演员技艺由衷的赞美和羡慕，以及他乡遇故知的兴奋和知音般的那种同气相投。

幕间休息时，观众三五成群地聚在一起，兴致勃勃地议论着，似乎是兴犹未尽。对于昆曲的历史，他们能够如数家珍，说得出明嘉靖年间的魏良辅和梁辰鱼，知道什么叫做弋阳腔，什么叫做昆山腔，巾冠服饰有什么样子，净丑脸谱有什么区别，了解魏梁二位是如何将昆曲从冷板清歌改进为成本的连台戏，从民间推向大雅之堂，还能够和你掰扯一下昆曲为什么能够在万历年间由士大夫带进了京城，让皇上大开眼界由此步入辉煌……听着他们眉飞色舞的谈论，津津有味的怀旧，让我长见识，也让我感慨，台北人对昆曲的感情，实在让我吃惊。在这样浓郁得近乎火爆的氛围中，我能够想象得出昆曲的鼎盛时期，市井里的勾栏瓦舍也好，京都中的雕栏玉砌也好，昆曲所创造的辉煌，是要早于也甚于文艺复兴时期莎士比亚的戏剧的，更是和古希腊戏剧、印度梵剧并称为世界三大最古老戏种中唯一硕果仅存的一种，它确实是我们民族的骄傲。那时候，进戏园子听一场昆曲，和如今听交响乐一样是件雅事的。而曾经遍布江南戏班子演出昆曲时的锣鼓喧天笙歌笛管的情景，连当初来中国的马可·波罗都叹为观止。想想自己是学习戏剧的，却远不如他们的热情和珍爱，实在是有些脸红。

我看见许多身着绿衣绿裙的女学生，鸟儿一样，在剧场里跳来跳去，大多是跑到余光中、白先勇、席慕蓉和龙应台那里去，一来和他们交谈着刚刚看的昆曲，一来求他们的签名，可谓一举两得。跑到余光中先生身旁的学生最多，余光中先生座位前面狭窄的走道上已经排成了长队。因为我坐在龙应台的旁边，我从那些可爱的学生手中拿过他们要签名的书本，发现是她们的语文课本，那上面选有这些作家的文章的课文。我问了她们，才知道她们是台北市第一女子中学的学生，不禁又仔细地看了看她们，我知道台北市第一女子中学，是整个台北市最好的中学，就像北京的四中一样，穿着这样一身绿衣绿裙的校服走在街上，回头率会是很高的。显然，她们来剧场观看昆曲，是学校有意组织的，只是我没有看到我们的四中有组织他们的学生去专门欣赏国粹，也没有见过我们这里别的学校把这样的活动作为学校的课业来看待。其实，她们和我们的孩子同样面临着考大学的压力，但是，她们还是怀着极大的兴趣愿意在百忙中到剧场里来，观看对于她们来说如此遥远陌生的昆曲，坐得住，而且兴致盎然。对于她们来说，昆曲犹如出土文物，毕竟不是她们容易接受的流行歌曲或摇滚音乐。想到这一点，我对她们的老师由衷的敬佩。我们这里爱说的素质教育，应该包括我们自己民族的文化传统，但是，对于我们自己的历史上如昆曲这样的活化石，咱们自己并不大重视，而重视眼面前的、很实际或很时尚的一些东西。面对眼前的这些女孩子，我的心里有一种说不出的滋味。

我知道，在台湾的许多大学里有自己的昆曲剧社(我们的北大也有“京昆”剧社)，但说实话，总体上没有台湾的多。这是台湾的先辈徐炎之等先生在大学里创办昆曲社后薪火相传的传统（白先勇说徐先生当年为传授昆曲骑着自行车在炎热的大太阳底下四处奔命)。就在我去台湾的那一年即 2001 年，就有林佩颖、张雅婷等博士专门研究昆曲的博士论文出版，而白先勇更是奔波于台港大陆和美国多地，为昆曲奔走呼号，被称之为“昆曲义工”。客观而言，对于昆曲的感情以及投入的热情和付诸的实际行动，大陆的大学和文化界不及台湾，昆曲成为了自己的孤军奋战，在自生自灭危险的边缘踽踽独行。据说北京戏曲学校的昆曲专业已经20多年没招生了，到剧场演出连8个宫女都难以凑齐。而第三届梅花奖得主刘静，风华正茂时改弦更张离开了昆曲界，实在令人无可奈何也匪夷所思。如台湾大学里对昆曲热爱与研习的传统，在我们这里，如今已经越来越被校园里弥漫起的外语、驾照和计算机热所冲淡和代替，仿佛远水解不了近渴似的，我们越来越被实用主义闹得乱花迷眼，飞蛾投火般舍本逐末。

不过，只要想想自五四时期打倒了孔家店之后，我们在“文化大革命”中再次把孔老二打倒在地而且还要踏上一只脚，我们对传统文化的那种决裂的态度，越来越失去了民族根性的东西。我们对历史的本来面目越来越模糊不清，文化的传统和精神的资源，已经变得越来越匮乏和越来越虚无，乃至如今出现的越来越多的对历史随意的解构和无聊的戏说风气，在舞台和屏幕上的风靡，再加上西方对我们的误读（以为我们民族与历史的东西就是《图兰朵》背景的太庙和三大男高音身后的故宫），以及我们对西方文化的盲目膜拜，鄙夷、漠视、自己作践自己传统的文化与艺术，已经成为某些人的时髦。如今我们对昆曲如此的态度，便也就不算什么怪事了。

下半场，让这些绿衣绿裙的女学生连带引起我的纷乱的思绪闹的，我更是没有怎么入戏，却没有想到戏结束的时候，掌声雷动，热烈的场面，在北京是难以见到的。我们的掌声更愿意给予那些三流歌星或插科打诨的小品相声的大腕们。

龙应台问我感觉怎么样？我说没想到掌声这样热烈，她笑笑说："你没有见前些年上海昆曲团来台北演出《牡丹亭》，全场轰动，掌声让演员根本谢不了幕。今天的掌声算是很冷落的。他们今天演的是《钗钏记》，小看了台北的观众。"然后，她连连对我说这是文化的误解。我明白她话的意思，相比较更能够体现昆曲特色和魅力的《牡丹亭》而言，《钗钏记》有些像是闹剧，女性失去了主角的地位，丑角占据了风光。她显然对这次选择《钗钏记》演出剧目有些意见。我向她解释，大陆如今戏曲不大景气，几乎所有的剧团都被推向了市场，他们首先考虑的是生存，选择的剧目要让一般的观众容易接受，当然和你考虑的不一样。她还坚持说这是两岸的文化落差，形成了一些误区。我说，其实文化的误区也好，落差也好，背后是有经济的原因做依托的，当文化摆脱了政治的依附之后，便很容易上了经济的贼船而难以下来。

冬天台北的夜晚，并不冷，习习的夜风中，看着那些可爱的中学生嬉笑着如同水面上溅起的水漂渐渐地散去，心里暗暗在想，再过若干年，这些孩子长大，又一批昆曲的爱好者成长起来，和大陆对昆曲的爱好者比较的话，会是什么样子呢？

说来惭愧，也就是那天的夜晚，我才知道，就在那一年即2001年的5月，我们拥有700年悠久历史被称之为“百剧之祖”的昆曲，以全票通过，被联合国教科文组织评为了“人类口头文化遗产和非物质文化遗产代表作”。我惭愧自己对自己民族文化遗产的无知和轻薄，我们守着身边的宝贝却不知道爱护、珍惜和关心，我们是那样容易被一些过眼烟云和花拳绣腿的东西所迷惑，却偏偏以为昆曲是过了季、过了气的老古董，被我们冷漠和淡忘，我们便那么容易和它擦肩而过，乃至失之交臂也就失之永远。

从台北回来后，我一直想写这篇文章，却一直不敢落笔，因为我知道自己对昆曲所知甚少，生怕摸不着它那博大精深的门口。引起我下决心写这篇文章的，是前几天在一本杂志上看到了这样两张照片，一张是一代昆曲武生名角侯永奎之子侯少奎老先生在楼顶平台上练功，一张是上世纪60年代曾经在《李慧娘》里扮演过李慧娘的一代名优李淑君，也是在自家的阳台上练功。说心里话，看到这样的照片，我真的不是滋味。这要是让那样痴迷昆曲的台北人知道了，该更不知是什么滋味呢。面对昆曲，这一笔我们民族和世界的共同财富，莫非真的就这样无奈吗？即使未雨绸缪不成，亡羊补牢也好呀，我们能够做的和必须做的，或者是还来得及做的，是什么呢？

# 下辑

# 身段挑起京戏

过去真正的老戏迷，看京戏讲究的是，一听唱腔，据说当年陈德霖在《祭江》里一句唱："清风一扫未亡人"，就能唱十多分钟，录制唱片要占一面。听的就是这迂回曲折的味儿，如今谁还有这样的耐心？

再一便是看身段。可以说，这两条，各挑起京戏的半边天。程式化的艺术，欣赏的就是这样的程式，情节和故事，已经不是那么主要了。

作为我这样的京戏外行，没有经过专业的训练，对于唱腔的美轮美奂，难得其中三昧；但是，欣赏其中的美妙的身段，多少还是可以的。于是，身段便成为了我京戏入门的最佳也最直观的路径。

读前辈学者吴小如的著作《看戏一得》，他谈到身段在京剧里的重要性，提到当年余叔岩教授孟小冬时说："脊梁背上得有戏，转过身下场也得有戏。"这样的戏，靠的就是身段。吴先生还曾举俞振飞的冠生戏《太白醉写》为例，"他从不以正面亮相向着观众，一切优美的造型、俏皮的身段、佯狂的表情，无不借助

身段挑起京剧

身段挑起京剧

身段挑起京剧

于台上的侧身侧影，这就使得观众感到‘这一个’李白所体现的内涵真是太丰富了。”我理解，吴先生在这里说的“造型”、“身段”和“表情”这三要素中，身段是最为重要的，造型与表情，也是需要靠身段来衬托和带进，方可以相辅相成。

在前辈京戏演员中，四大名旦的身段最讲究，也最漂亮。可惜，如今已经无法欣赏得到了，只能从前人的文字中遥相想象了。我一直在琢磨，京戏里的身段，和舞蹈中的身段，是不一样的。不一样在哪里？一在于舞蹈里的身段可以尽是抽象，京戏里的身段大多和生活是密切相关联的；二在于舞蹈尤其是舞剧常常有幕布背景，比如《天鹅湖》，在真切的背景衬托下，四只小天鹅翩翩起舞，我们看着一点儿不别扭，相反相得益彰，京戏里是无需背景的，如果有了真实的背景，京戏里那些曼妙无比的身段就没法看了，起码打了折扣。

比如《文章会》，是一出小姐怀春的戏，但小姐身边的丫环在一旁插科打诨更有意思，有意思就在于丫环的身段。其中丫环打樱桃的身段最为著名，所以这出戏又叫《打樱桃》，当年荀慧生的丫环最出彩。舞台上只有一个板凳，别的什么也没有，全靠丫环在这样板凳的方寸之间做功课，那身段，不仅将一个天真可爱的丫环攀枝够树，边打樱桃边自己吃的劲头儿和风情都显现出来；同时更是平添了舞台的气氛和情趣，让观众的想象和演员的身段一起参与了演出和创作之中。如果舞台上放上一棵真的樱桃树，即便还是这些身段，一定没有了味道，大煞了风景。

同样，《战宛城》里曹操马踏青苗，也是戏迷要看的一段精彩的身段。当年侯喜瑞和郝寿臣老先生的这样一段马上马下的身段（据前辈吴小如先生讲，郝比侯更胜一筹），在麦田中行走中的趔趄与曲折，至今让老戏迷们回味。《李逵下山》里的李逵，二十世纪六十年代袁世海演李逵，台上只有一道素素的幕布，别的什么也没有，他下得山来，却可以演得让我们仿佛看见了万壑松风、千涧寒水，那样的丰富多彩，那样的风生水起。很难想象，在舞台上置放麦田的背景或者干脆是真的麦子地，和山林的真实幕布背景，那么，侯老先生、郝老先生，和袁先生，还怎么演？那些精彩而蕴含汁水饱满的身段，还能够派上什么用场？

我常常为今天京戏舞台上增添那么多实景的画蛇添足而悲叹。京戏的表演，讲究的是无中生有，方才让从那些生活中提炼出来、而后经过艺术磨炼出来的身段，一下子有了异样的光彩。那劲头儿，很像我们的中国画，一张白色的宣纸上，一点墨色晕染上去，立刻恣肆蔓延开来，呈现出意想不到的画面。

当然，京戏里的身段，也不见得都是写实。《春闺梦》是程砚秋的一出新编戏，也是他的拿手戏，至今仍还有演出。新婚妻子经历了与丈夫的生离死别之后的春闺梦，那一段哀婉至极的身段梦魇般的摇曳，洁白如雪的水袖断魂似的曼舞，带有很大的写意性，却将无可言说的悲凉心情诉说得那样淋漓尽致，荡人心魄，充满无限的想象空间。如果加上真正的战场上的尸横遍野，鬼声啾啾，这一段程先生创造的著名身段，还会让我们那么地揪心揪肺吗？

年轻时的梅兰芳，曾经为身段专门请来钱金福为其授技，当时在三庆班的钱金福，在身段表演方面有绝活儿，是当时唯一得到前辈身段真传的演员。旦角梅兰芳向他学了两出武小生的戏，一出是《镇潭州》的杨再兴，一出是《三江口》的周瑜，因为两出戏里的身段格外多，格外漂亮。学的就是真功夫。所以，在京戏演员中梅兰芳的身段最美，令人倾倒，即使老年身体发福之后，《贵妃醉酒》里的身段，依然婀娜多姿，雍容华贵；《穆桂英挂帅》里的身段，是那样飒爽英姿，英武凛人。

没有机会看过梅先生的《宇宙锋》，看过梅葆玖的。赵高之女赵艳容装疯的身段，那样地丰富，那样地有层次，至今依然是梅兰芳的经典。赵艳容先是头发弄乱，后拍赵高的头，唤他为儿子，然后，又翘起兰花指揪下赵高的胡子，高高吹响在空中，最后边走边笑，边笑边拍起巴掌，大幅度地扭捏作态，甩动漂亮的水袖，走到赵高的身边叫他丈夫。这一系列的身段，曼妙无比，一气呵成，流动的河水一样，水光潋滟，不仅勾勒出赵艳容的心情与性格，同时也成为了推动情节发展的外部动作。这一段装疯的身段，让人物比真的装疯要美，要艺术化。难以想象，如果在影视中表演赵艳容披头散发真的装疯，该是什么样子的，起码没有梅兰芳这样的美了。

可惜，我看的梅葆玖，年纪毕竟大了，虽然没有晚年梅兰芳发胖，却有些老态龙钟，想象当年梅兰芳年轻时演的赵艳容，该会是何等的动人和迷人。

据说，年轻时的梅兰芳演了《宇宙锋》之后，别的流派的旦角，便不再唱这出戏了。《御碑亭》，也是这样的一出戏。我也曾经看过梅葆玖的《御碑亭》，想是无法和梅兰芳比的，他已经老了。只演了第一折，便没再出场，留下想象给我，也给舞台。

美妙的身段，和美妙的唱腔，如今渐成绝响。

# 京剧的新与旧

京剧里的新与旧，是很有意思也很讲究的事情。京剧是一门讲究传承的艺术，过去有句话说，没有师傅登不上戏台，演员都是从师傅那里手把手学来的，一招一式，无处没有章程的来龙去脉，不允许有丝毫的洒汤漏水。梨园行过去的行话，叫做不许“跑海”，即不能不守规矩自己随便瞎来。

但是，京剧又不是完全守旧，墨守成规，各派有各派区别他人的新颖之处，方才能够叫座儿，京剧百年史也才会有了发展，有了长久不衰的魅力。只是这个新是有尺寸的，不能像话剧在舞台上可以随意花样翻新，一会儿来个体验派，一会儿来个间离派，天马行空般自由自在。这个新都会在京剧艺术自己的天地里，如孙悟空在如来佛的手心里，而不会背离这个手心。历史上，也有背离这个手心的，自以为新潮，包括梅兰芳的一些时装现代戏，却都没有留下来，留下来的还是那些传统的老戏和老角的老玩意儿。

这就是京剧艺术的辩证法。没有自己的一点儿新

春闺梦

玩意儿，是死；新玩意儿背离京剧自身走得太远，也是死。拿捏好这个尺寸的人，才能够在戏台上立住脚。

过去，杨小楼和尚和玉都是武生，都是师从俞菊笙。论从老师那儿学来的本事之扎实，规矩之严谨，杨小楼不如尚和玉。但是，今天我们记住了杨小楼，知道尚和玉的人已经很少。原因就在于尚和玉从师傅那里学来的东西过于相像，一招一式从不走样，便成了又一个俞菊笙，而不会是他尚和玉自己。杨小楼的功夫虽然不如尚和玉，却在学习师傅的基础上有自己的玩意儿，创造出了属于自己的艺术，这叫做青出于蓝而胜于蓝。不说别的，只说亮相，杨小楼就不同于他的师傅，也不同于尚和玉和其他武生演员，只是昂首挺胸凛然一甩髯口而定格，却是不特意做仰头的动作，只肩膀稍稍一耸，抖动一下背后的靠旗，虽然只是细微之处，那种不同寻常的大将风度却显示出来。人们便也记住了他的与众不同。杨小楼的聪明之处，在于他明白艺术不只是死规矩旧章程，不是亦步亦趋只会照本宣科。他从人物的身份和性格出发，而不只是把自己的出发点和终点都落在规矩上。这叫做死水养出了活鱼。

另一位辈分更老的演员郝兰田，是清同光十三绝之一。最初唱老生，《天水关》里的诸葛亮唱得不俗，名声不小。但他很快就改为老旦，因为他有自知之明，他的身材矮，无法和当时的老生余三胜和程长庚相比，便自辟蹊径，改唱老旦。当时的京剧舞台是老生的天下，老旦并不入流。他发现老旦不入流在于自身的表演和唱腔过于老派死板。于是，便从这两点入手，加入自己的新玩意儿，改变了以往老旦的一些表演和唱腔的程式和方法。据说，他的《断后龙袍》的李后，佯装盲人的一双眼睛，白眼白上翻，活灵活现，属于京剧戏台上的首创，立刻大受欢迎，为他赢得了名声。而他本来老生唱腔的优势，也被他带进老旦的唱腔之中，这韵味别致的唱法也属于首创，令观众闻所未闻，眼界大开。这无形中丰富了老旦的唱腔，发展了老旦的艺术。

同样有自长短的另一位演员程砚秋，和郝兰田正相反，个头偏高，按理说不适合唱旦角。他的选择和郝兰田不同，偏偏知难而进，固守旦角的位置不变。他扬长避短而力求出新的手段之一，除了唱腔的与众不同，便是他的拿手好戏水袖。无论在《春闺梦》里，还是在《锁麟囊》中，他的飘飘欲仙充满灵性的水袖，有他的创新，有他自己的玩意儿。前些年到台北，在市中心的捷运站前，看到台湾著名雕塑家杨英风先生的一尊雕塑题名为《水袖》，不禁想起了程砚秋的水袖。当然，杨英风的《水袖》不是程砚秋的水袖，而是抽象的水袖，是定格于瞬间的水袖，是将绸子柔软的水袖变为石头凝固的水袖。但是，要承认杨英风的《水袖》创作的灵感来自京剧，而京戏里水袖最有特色最有代表性的之一，是程砚秋。他的水袖翩翩起舞，风情万种，风中或月下的抖动，如仙如禅，如醉如痴，变化万千，水一样恣肆，风一样蔓延，如无韵的诗，如流动的画。水袖和脸谱，几乎可以成为京剧简约的名片。其独特魅力和价值，不仅囿于京剧，而蔓延开来成为中华民族艺术和想象的一种象征。

如今，看新派京剧演员的演出，虽然也都说是师从名门，但他们的老师毕竟是前辈的徒子徒孙辈了。经年之变，特别是在市场和权势的左右下，师承部分的水土流失是在所难免的。更重要的，是如今的演员肚子里从师傅那儿学来的旧玩意儿不多，会唱的戏码有限，要想创新属于自己的新玩意儿，难度加大。所以，我们即使还能够看到《长坂坡》，看到《断后龙袍》，看到《春闺梦》和《锁麟囊》，却再也看不到杨小楼，看不到郝兰田，看不到程砚秋的那些玩意儿了。

# 一道汤和风搅雪

读梅兰芳的琴师徐兰沅先生的《徐兰沅操琴生涯》一书时，读到他说老旦的拄杖表演："龙头拐是官宦人家，鹿头拐是富贵门第，藤子拐是贫家破户，虽然走的都是'鹤行步'，但不能'一道汤'。"这个"一道汤"的词，让我眼前一亮。

后来读黄裳先生的《旧戏新谈》一书，其中他引《梨园佳话》中一段："名伶一出场即喝彩，都人谓之迎帘好。以好之多寡，即知角色之高下，不待唱也。"这个"迎帘好"，也让我眼前一亮。

"一道汤"也好，"迎帘好"也罢，都是梨园界里的行话。也就是从这时方注意到一个行道里有一个行道的习惯用语，都是日子积累和磨练出来的，约定俗成，口口相传，富有这个行当的特点。梨园行的行话，因平日所唱的戏文的润染，既有文词儿的雅致；演员都出自下层百姓，又有来自生活语言的鲜活而素朴。看，它不说雷同，而说"一道汤"；不说碰头彩，而说"迎帘好"；说得多么生动形象，谁听了都能够懂，都能够会心。梨园行的行话，与一般的行当里的行话不同，只见灵动活泼，很少见粗俗，格外打眼，非常值得揣摩、学习，便也开始注意搜集。

比如，“响堂”，说的是唱得好，声音嘹亮，如谭鑫培的嗓子，所以叫谭叫天。文词一般说是满宫满调。但它不说满宫满调，而说“响堂”。“响堂”不是俗语“响噹”，这里的堂指的是戏园子，声音灌满了整个戏园子，还不够响吗？显然比满宫满调要生动要形象。这个堂字恰恰又是文词。

比如，“风搅雪”，说的是念白里的一种方法和形式，即京白和韵白交错在一起。但它不这么直白地说，而是用了这样一个美妙的比喻。一个“搅”字，将风和雪两个具体而形象的事物联系一起，比直说京白交叉韵白要漂亮得多。同时，我曾这样想，也可以用其他两种事物作比，如说“风吹雨”。细想，不行，雪的白和念白的“白”有天然的联系，足见梨园行的智慧。比起昆曲和地方戏，京剧里的念白要丰富，而不止一种，可以把几种念白搅和一起，成为独特的一种方法。它考验演员的功夫。据说程砚秋的京白就弱，一般不敢用这种“风搅雪”；梅兰芳京白和韵白都厉害，“风搅雪”就不在话下。

比如，“活儿”，叫“活儿”的，到处都有，各行各业都把自己的工作叫“活儿”，梨园里管有戏唱叫“活儿”，按理说并不新鲜。但它下面派生出来的词儿，就不一样了：它不说把戏偷走，带到别的班子里去唱，而说是“刨活儿”；它不说戏台上演员和演员较上了劲，你来我往，互不示弱，比赛着看谁唱得好，而说是“啃活儿”，也叫做“对啃”。看，这个“刨活儿”，“啃活儿”或“对啃”，说得多么生动。一个“刨”字，一个“啃”字，两个动词，一下子把一般的“活儿”给拎活了。试想一下，不用这两个词，换哪个动词，也不合适。难怪当年的京剧名宿程继仙在解释“啃活儿”、“对啃”时说：“演员在台上就像斗蛐蛐一样。”这是对“啃”的别样解释。

由“活儿”还派生出另一个词：“俏头儿”。其实，就是“俏活儿”，即戏里面最精彩的部分，类似交响乐里的华彩乐章，演员谁都愿意有这样的“活儿”。但它不再围绕着“活儿”来说了，而是另辟蹊径，“俏头儿”，显然和“行头”一样重要，比“俏活儿”更显珍贵。

比如，把场上的旗锣伞报叫“龙套”；把唱二牌的演员叫“挎刀”；把主角叫“头牌”；把给头牌配戏的老生叫“里子”。看，把演员的类别分得多么形象。特别是这个“里子”，因为头牌是面子，他们才是里子，和头牌相辅相成，皮之不存毛将焉附的意思，比红花配绿叶更进一层，一下子便和挎刀区别开来，二牌的作用只是在一旁为人挎刀，绝非如里子一样，和头牌有贴身之感。还有一种说法，指那些配戏好，行话叫做兜得住戏，而且还能进一步刺激头牌，水涨船高，让头牌唱得更好的里子，被称作“硬里子”。看，这个

“硬”字用得多好。过去在谭鑫培时代，有位叫李顺亭的老生，便是“硬里子”。《定军山》里，如果是谭鑫培的黄忠，必得请李顺亭来严顺；《长坂坡》里，如果是杨小楼的赵云，必得请李顺亭来刘备。因为李是“硬里子”。

还比如，“攒锣”，指临时拼凑演员演的戏。“攒”字指的是临时拼凑，这是北京老话；为什么后面跟着的字不是“戏”，而是“锣”？“攒戏”也可以，都是一个意思，但是“攒戏”，也可以是临时拼凑的戏本身，而非是演员，容易产生歧义；更主要的是，在我看来，“锣”是京剧的一种别称，离开了锣鼓点，京剧就没法唱了，所以必得是“攒锣”，用字用词，多么地有意思。

还比如，“一棵菜”，现在不怎么说了，当年马连良先生最爱讲这个词。其实，说的就是团结。但它不这样说，而说“一棵菜”。北京当年百姓的看家菜——大白菜，一层层的白菜叶子紧紧包裹在一起，才能够长成一棵菜，演员也得这样抱团在一起才能把戏唱好。说得多么形象，把唱戏和身边的生活的事，巧妙地联系一起，信手拈来，却妙自天成。

再比如，“通大路”，现在也不怎么说了。梨园界讲究代代的传承，过去梨园界前辈和新演员合戏，都要先问和谁学的这出戏呀？一听是和自己同辈名角学的戏，就会说行嘞，就按照你师傅教的‘通大路’演。这里说的“通大路”，和我们现在说的“大路货”里的“大路”可不一样。“通大路”的“大路”，是大路通天的“大路”，指的是传统，是经典，是前辈的艺术实践和经验千锤百炼而成的路数和规矩，是针对那些耍花活儿或偷工减料的旁门左道。

耍花活儿和偷工减料，梨园行里也有行话，叫做“跑海”和“炒鸡毛”。不守规矩随便瞎唱，叫“跑海”；故意唱得琐碎耍花腔，叫“炒鸡毛”。还有两个词，分别叫做“洒狗血”和“下剪子”，说得多么形象。“洒狗血”这个词，现在还在用，已经不止于梨园，或许是各行各业不乏这样的现象吧？

梨园行里这样精彩的行话，还有很多。如果有心人又同时是懂行的人，编一本梨园行话的小词典，可以既看到梨园界的智慧，也可以从中看出梨园各等人士的艺术、思想、行为及情感等诸方面的表达与流露的轨迹，同时还能够拔出萝卜带出泥，钩沉出梨园前辈一些趣闻逸话，成为梨园史不为人所注意的另一个侧面的注脚。我想，那应该是一件别致却功德无量的事情。

# 梨园故居多城南

早先年间说：人不辞路，虎不辞山，唱戏的不离百顺韩家潭。说是梨园行唱戏的名角住在百顺胡同的和韩家胡同的居多。这样说，自然是没错的，仅仅短短的一条百顺胡同，40 号是著名武生俞菊笙的故居，四大徽班之一春台班也曾经在那里安营扎寨；36 号是文武老生程长庚故居，四大徽班之一三庆班在那里；38 号是武老生迟月亭故居；55 号是青衣前辈陈德霖故居。

其实，梨园行的名角不仅住在这两条胡同，不过，倒都是住在附近，几乎遍布前门外大栅栏这一带，彼此相距不远。如此密集抱团，在我看来，原因有两点：

一是乾隆下江南，带回来四大徽班，这便是北京京剧的最初发端，当时四大徽班都落户在城南。首先进京来的三庆班，住进了韩家潭；以后，四喜班住进了陕西巷；和春班住进了李铁拐斜街；春台班住进了百顺胡同。再以后，顺理成章，号称清同光十三绝的主要名角，大多也都住在城南前门外，如四喜班的老

梨园故居多城南　汾河湾

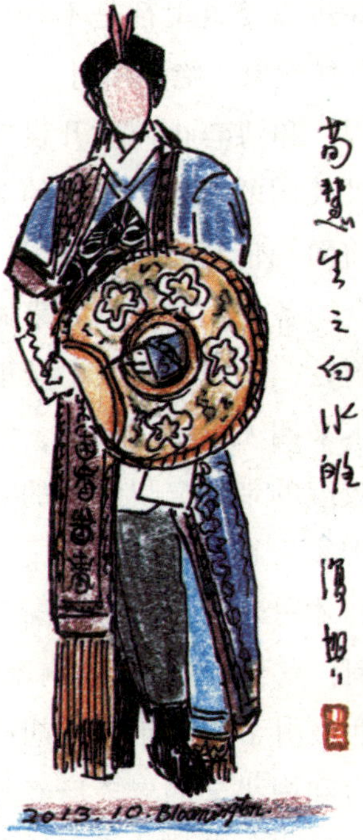


梨园故居多城南　白水滩

板兼须生时小福，住在百顺胡同；春台班的老板兼须生俞菊笙，王瑶卿、姜妙香的老师陈德霖也都住在百顺胡同，俞振亭和他办的斌庆社住大百顺胡同。这样群居的连锁效应，和他们都是梨园行的有关，彼此传染，相互照应；也和千金买宅，万金择邻的传统观念相关，和如今住进新楼盘里都是不认识的生面孔，老死不相往来的居住现象，绝不相同。

第二个原因，和清禁止内城开设戏院有关，当内城的戏园子都被关闭的时候，所有的戏院都开设在前门一带，这和前面一带紧靠着皇城根，六大部的衙门口近在咫尺，全国各地人员进京办事做生意而住的会馆，大多数在附近，无形中方便了城里城外人看戏的方便。再加上本来四大徽班进京后，便都在这一带安营扎寨，群居效应的带动，梨园行的名角们，自然也就扎堆儿就近把家安在了这里。在民国时期，大概前门一带住不下，才另毗邻为居，渐渐蔓延出前门，西至椿树胡同周围；东至崇文门外；南至大吉片。

在前门之西，由于前些年椿树胡同拆迁，原来住在那里的余叔岩和尚小云的老宅已经见不到了。同样拆迁的原因，海柏胡同里的叶盛章故居、棉花头条贯大元故居、棉花三条于连全故居、棉花六条赵桐山故居，也都已经不在了。但是，棉花五条武小生叶盛兰故居还在，至于棉花七条铜锤花脸裘盛戎、武老生李少春故居、棉花八条梨园名宿金少山故居、棉花九条另一位前辈马福禄故居，老宅还在不在那里，由于多日没去那里，心里忍不住有些担忧。

椿树胡同附近，紧挨着山西街的西草厂 88 号，是名丑萧长华故居，保存不错的四合院，院中一株沧桑老枣树，院门正对着新开张的沃尔玛大门，很好找，也幸运健在。铁树斜街 149 号，是京剧大师梅兰芳的祖居；大外廊营胡同 1 号，是著名老生谭鑫培的故居；培英胡同 20 号，是梅兰芳的老师号称“剧坛盟主”的王瑶卿故居；红线胡同 17 号，是老生杨宝森故居。如果再往西北，西河沿 215 号，是铜锤花脸裘盛戎故居；幸运得很，虽然历经沧桑，大多也都还在。

在前门之南，北大吉巷里，有京剧名宿李万春先生的故居和他的鸣春社老院。和李万春做街坊的，还有几处梨园行的老宅：39 号住过刘连荣，他是和梅兰芳配戏的名角，《霸王别姬》，梅兰芳的虞姬，他的楚霸王；7 号住过时慧宝，清末著名青衣时小福的四子，他是武老生，又是梨园界有名的书法家，樱桃斜街梨园会馆门簪上“梨园永固”四字就是其作品。此外还有，保安寺街 15 号，是疙瘩腔的创始人老生高庆奎故居；后兵马司街 13 号，是名旦张君秋故居；平坦胡同 3 号，是须生奚啸伯故居。

过前门外大街往东走一里地，鞭子巷有梅兰芳和李多奎的老宅，可惜胡同早拆，无从寻访了。但在东兴隆街南的奋章大院胡同，53 号是架子花郝寿臣的故居，堂皇还在。当年，郝先生花了两千大洋在那里买下的这块地皮，大约一亩，盖起的四合院，只是当时地名不雅，叫粪场大院，郝先生给当时北平市市长写了一封信，希望改为奋章大院，三天后便被批准，奋章大院的街名，便一直叫到了现在。因为郝老先生生前便立下遗嘱，把老宅捐献给幼儿园，幼儿园一直健在，得益于孩子的保佑，那座北京典型的四合院保存完好，连大门上面精美的砖雕，都完整无缺，颇值得一看。

还特别值得一看的，是北大吉巷22号李万春的故居，京城里典型的倒座四合院。大门朝北，门框上一个大大的福字，近一个世纪的光阴过去了，依然清晰，色彩未褪；门柱上方有戗檐砖雕，下方有汉白玉墙腿；大门两侧，西有一块、东有四块拴马石。虽然大吉片已经拆迁得一片瓦砾，但此院鹤立鸡群还在，非常扎眼。这院子原是余叔岩的老宅，两代梨园名宿都曾经住在这里，雕梁画栋，廊檐下全部画的是戏牌，是别的老宅绝对没有的。如今，即使这一切都无从看见了，但老院毕竟还在，还可以迎风怀想。

再有一处，也是硕果保存不多的，便是四大名旦之一荀慧生故居。它位于大栅栏西的山西街甲13号，门口挂有宣武区文物保护的牌子，虽然四周拆得七零八落，但故居的房子幸而保存完好，鹤立鸡群，很醒目。前两年冬天的一个黄昏，那是刚刚看完电视剧《荀慧生》，我特意又跑到那里去看它，在四周一片凋零和高楼包围之中，它显得那样地渺小，而和周围那样地不相称。虽然是春天了，但风依旧寒冷，趴在紧闭的大门往里面看，能看见院落的一角，还能够听见里面的狗吠声。碰见几位老街坊，告诉我，这里还有荀家的后人居住。“文化大革命”中，荀慧生被打倒，被罚在这条街上扫街，大家见到他，还和他招呼，是一个很和气的人。谁想到，如今他的宅第竟然如此颓败，心里很不是滋味。回家后，写了一首打油诗《冬日山西街重访荀慧生故居》：

山西街日落，断壁抱残砖。
久散诗中到，每思戏里看。
黑帮唯暗夜，红粉岂明天。
犬吠深门静，风吹透骨寒。

即便胡同大面积拆迁，但现在到前门外这一带走走，许多京剧界名宿的老宅，毕竟有的依然健在，都还能够见到，虽然人去楼空，老屋颓败，京腔京韵的那种感觉飘忽还在，能够让你迎风怀想。只是，我要给你提个醒儿，要去得趁早，拆迁的速度，有时快于我们的步子，越晚，你看到的地方肯定会越少。

# 还有小院桃李在

——李万春和鸣春社

菜市口东南角有条东西走向的胡同，叫北大吉巷，靠近胡同东头，有京剧名宿李万春先生的故居。听说这片要拆迁，最近来的人特别多，那些老街坊没等我开口，就先问我了：是找李万春老宅子的吧？

李万春的这座老宅子，在北大吉巷22号，是京城里典型的倒座四合院。大门朝北，门框上一个大大的福字，近一个世纪的光阴过去了，依然清晰，色彩未褪；门柱上方有戗檐砖雕，下方有汉白玉墙腿；大门两侧，西有一块、东有四块拴马石；都是在整条胡同里非常扎眼的。

进得院子，最打眼的是一道屏门，屏墙是从东西厢房的北山墙外单独砌出来的，磨砖对缝的青砖，宽于山墙，厢房前后接出的小房的红砖，明显劣质于青砖，打补丁似的，在青砖墙前很显眼。屏门西侧的靠山影壁没有了，屏门保存得还完好，前后砖雕上富贵吉祥的篆字和花草雕饰，都须眉必现，真算是历经风霜而不凋的万幸。

这座院子，正房为南，倒座房为北，各三大间，当年都带有宽敞的走廊，正房的这一痕迹非常明显，虽然廊子都搭建成了房子，但西边要通向后面的小院，所以必须留出空间，一根朱红色的廊柱，像是旗袍开缝中伸出的一条腿，便露在外面，泄露出逝去时光里的一些秘密。通往后院的是一个门道，门洞上方的墙上有一块硕大的菊花砖雕，逸笔草草，刀锋流利，是民国早期的风格，有些韵味，和现在不可同日而语。

见我望砖雕出神，从南房出来一位老爷子，指着砖雕告诉我："文化大革命"的时候这上面都给糊上泥了，前些年我那孩子才把泥扒下来，现出了原样。我对他说：亏了糊上泥了，要不没准就给砸了。老爷子说：那是，那时候我这屋里住着李万春的母亲（李父1955年去世），后院里住着李万春两口子。心想，哪个红卫兵闯到这里来，瞅着不顺眼，砸了它不是手到擒来的事？

走进后院（其实是西跨院），北边有一间房，西边有三间房，这三间房子和院子里所有的房都不一样，其他的房子都还是老四合院的旧模样，这三间房高出一大截，且有女儿墙，门窗都是砖券拱形，西洋的味道很浓。这就是李万春住的房子，据说前几年墙上还有"坦白从宽，抗拒从严"的字迹，字迹从来比人活得年头长，李万春都去世整20年了，字还在墙上顽固地留着。可惜现在看不见了，应该留着它才好，那是历史的物证，是流逝的岁月留存到现今的眼睛。

老爷子告诉我北边的那房子原来没有，是后盖的。“文化大革命”中，军代表占了他现在住的房子，军代表撤了，返回原籍，军代表的儿子住了后院李万春的那三间西房，现在人家有了楼房住，不来这边住，房子一直锁着。老爷子朴实几句话，短，却浓缩了一段历史，许多老宅子就这样改朝换代，宅第换新主，衣冠异昔时，徒留下曾经沧海的慨叹。

老爷子送我出院，走到前院那排倒座房前时，指着房梁对我说：以前这里画的都是戏牌呢！前些年还能看见。我不懂什么叫做戏牌，以为是以前的戏码，怎么能够画到房梁墙柱上面呢？忙向他请教，老爷子告诉我是那些京戏里场面的绘画，全是彩色的，非常漂亮。我明白了，这符合这座院子的特点。这院子原是余叔岩的老宅，当初余叔岩看中了李万春，收为义子，亲授《八大锤》，并让李氏全家搬进这座老宅来住。相传李万春的父亲花了 4500 大洋买下这座院子，那是后来的事情了。两代梨园名宿，雕梁画栋，全部画的是戏牌，当然是别的老宅绝对没有的了。

走出李万春的老宅，斜对门 21 号和 19 号，是李万春当年创办的鸣春社，像当年余叔岩亲授他自己一样，亲自传授一帮年轻的弟子。这时候的李万春已经是武生的名角，长靠短打箭衣猴戏，样样拿得起放得下，他的关羽武松黄天霸的扮相和武功，让大家已经耳熟能详。他担当鸣春社这个老师，是叫得响的，京剧界的传承就是这样在道义中自觉与不自觉完成。

我先进的是19号院，院子很拥挤，再进21号院，虽然格局一样，却一下子显得很轩豁，正房子和倒座房各三间，东西厢房各三间，院里有一株香椿，两棵石榴，香椿有些枯萎，石榴树却很旺盛，累累的石榴压弯了枝头。面相慈善的女主人告诉我：原来这院子还有一棵杏树和一个葡萄架呢。原来也没有东厢房，和19号院是打通的，孩子们翻把子好有宽敞的地方呀。正房原来是说戏的地方，倒座房是学员们住的地方，西厢房是原来的厨房……

正聊着，男主人推着自行车进院了，热情地拿过板凳，非要我坐下聊。石榴树下的阴凉里，清凉得很，也安静得很，虽然和喧嚣的两广大街只隔着一排房。也许，只有坐在这样的院子里，才多少能够体味到老北京的味道，如果再有一杯茶或酒（主人是非要沏茶的，被我拦住），花间一杯酒，把酒话桑麻的情致，是区别于坐在高楼的落地玻璃飘窗前啜饮咖啡的情景的。

聊天中，我知道了，新中国成立前，鸣春社停办(1948年)。这院子卖给一位姓郭的中医手里。新中国成立后不久，这位中医害怕私房主一顶剥削的帽子戴在自己的头上，就非常便宜地（1600元）卖给他家。其实，那时他父亲只是一个赶大车的，如果不是这么便宜，也买不起。谁想到，院子买到手，罪过从中医那里转移到这里。“文化大革命”期间，院子被占，老人被扫地出门，赶回河北老家。当时他石油专科学校毕业，分配到大庆搞石油勘探，一直到前些年退休回来，一直为要回这院子而奔波。上世纪 80 年代初期，落实政策，房管局要以每间房子 100 元的价钱收购，他父亲生气地说：就是院子都烂成瓦片，我也不卖。房管局便要这些年一共 5600 元的维修费。这些年，是别人住，我们根本没住，而且，他们把房子挑了顶，破坏了原来合瓦顶的老样子，还得跟我们要维修费。荒诞的年月里，这样荒诞的事，只能够让人啼笑皆非。

一直到前两年，院子里房子才全部腾干净，没消停地住上几年，现在又要拆迁了，说是危房改造。危房改造，得是危房才需要改造，我们这的房子（这一片还有好多这样的院子）现在住的挺好的，为什么非要这样成片成片地拆掉？拆掉了这些四合院，以后还能够有吗？说着，他从屋子里抱出一叠东西，是他的剪报，全部都是关于保护四合院内容的，还有几幅画幅很大的画，画的是李万春的老宅和他的鸣春社以前的风光。画得很精细，房屋齐整，花木扶疏，当年这两处院落，像是清水墙一般光滑而清新，朴素却浓郁的京味，让现在汗颜。

他说的不仅很有感情，也很有道理。眼下大吉片整体的拆迁思路，目的到底是什么，应该反思。是真的为了危房改造吗？其实，这里的街坊心里都清楚，还不是看中了这是块风水宝地，卖给房产商想赚钱，想改变这里的面貌而出彩儿。大面积的整体拆迁，改变不了这里大多数人们的贫困，只是让世代居住在这里的他们被迫迁移到城市边缘，而使得他们更加贫民化，更加疏离这座本来属于他们的老城。新盖起来的高楼大厦，不仅彻底淹没了他们，而且淹没了包括李万春老宅和他的鸣春社在内的许多值得保护的历史痕迹和文化记忆。这是漫长时光的积淀，是这块土地的馈赠，是北京古城绵延至今的气脉和魂灵。

走出当年鸣春社的大院，看见李万春老宅前还站着几位老街坊，我问他们见过李万春他们一家人吗？一位戴眼镜的女的说：怎么没见过？李小春那时一跟头从他们院子的墙头能翻到我们的院里的地上，功夫好！然后，她感慨地对我说："文化大革命"那时，我20多岁，亲眼看见斗李万春，真是很惨！把人家全家弄到内蒙古京剧团去了。她使劲地摇摇头。

我知道。1979年，李万春落实政策后，从内蒙古回到了北京。还有小院桃李在，留花不发待君归。可是，他再没有回到这里一次。

以后，这一片真的是盖上新楼，住上新人，谁还会能够告诉我李万春和这些天宝往事？

## 想起了叶盛章

那天，一位80多岁的热心老太太踩着小脚，像踩着轻松的鼓点儿，领我一直快步走到棉花东口，指着路北的7号院告诉我：这就是叶盛兰的家。又对我说，后来把人家打成右派，“文化大革命”批斗人家，死得早，挺惨的。听说人家的后人搬到龙潭湖去了。

院门很古朴，红漆斑驳脱落，但门簪、门墩都还在，高台阶和房檐下的垂花木棂也都还在。我走进院子，典型的北京四合院，虽东厢房前盖出新的小房，院子的基本面貌未变。我走出来问老太太进门的地方原来是不是有个影壁啊？她说我记不清了，我还是原来查卫生的时候到他们院子里来过，这一眨眼都是好几十年前的事了。

想起放翁的诗：看尽人间兴废事，不曾富贵不曾穷。叶盛兰活着的话，今年90多了。由叶盛兰，又想起了他的三哥叶盛章（叶盛兰行四，他下面还有一个弟弟叶盛长，是著名的老生）。叶盛章原先住海柏胡同，离叶盛兰家不远，后来也搬到龙潭湖去了。想起叶盛章，不由得想起当年在老北京的天乐园发生的一件事情，便立刻到大栅栏对面鲜鱼口的街上找到天乐园。这是一座清嘉庆年间的老戏园子，朝代更迭，几经易主，1920 年，天乐园更名为华乐戏院。开头由王又宸、周瑞安，后加入高庆奎、程砚秋演出，再后来是富连城加盟，都是一时的名角，让这个颓败的老戏园子重新红火起来。当时加盟富连城的叶盛章，也在这里唱戏。叶盛章是有名的武生，兼武丑，武功好，唱工念白也好，可以说是文武兼备。他的经典“三岔口”、“打瓜园”，都让他在戏迷中赢得了名声。

1947 年，天乐园发生这样一件事情，和叶盛章紧紧联系在一起。那一年，国大代表张道藩来京，北平市政府为拍张的马屁，指示梨园行会要为张组织一场义务演出，各路名角，都得悉数登场。演出地点就选择在天乐园。

当时，张道藩还是国民党的作家协会主席，一脚跨官场文场两个场子。不过，他确实也会写文章，而且写得还不错，并不只是上面派下来挂个虚名的作家协会的主席，要不然徐悲鸿当年的夫人蒋碧薇也不会说死说活地爱上他。张道藩是个风流人士，想来北京的梨园界风雅风雅，抖抖威风，听听京戏，再和梨园名角们会会面，握握手，谈谈对国粹的振兴，然后把相关的报道和照片，刊登在报纸上面，也是不虚此行，也是可以理解的。

只是张道藩没有料到，梨园行会当时刚刚换届，新任会长是叶盛章。叶盛章脾气耿直，那一年才35岁，属于年轻气盛，听说张道藩凭借官衔跑到北京耀武扬威，来听“蹭戏”，带头不愿意。他要只是如一些文人一样心里不乐意，嘴上骂骂，也就没有以后的事情了。偏偏他的耿直的脾气上来了，他新当选的梨园行会会长的头衔，其实不过是唱戏里的帽翅儿一般的官而已，却让他当真了，觉得不能够只图个浪得虚名，自己应当干点儿事才对得起这个名分。于是，他便以会长的名义出面，召开梨园行会全体理事会，把给不给张道藩演戏的事情交大家讨论。他以为大家会和他一样义愤填膺，继而拒绝为张道藩演戏，谁知道讨论的结果并不像他想象的那样。好多人心里都认为不给钱就是不伺候，但又怕拒演既得罪了张道藩，又得罪了政府，给梨园界以后带来麻烦。讨论到最后，大家勉强同意还是演出吧，没想到这么一耽误，耽误了开演的时间。这一下，惹恼了台下的大兵，跑到台上闹事，愣是把叶盛章绑到台上示众，一通棍棒乱打，茶壶茶碗汽水瓶扔得他满身都是，如果不是叶盛章会武功，能够抵挡一下，和那帮大兵奋力挣巴，非死在台上不可。最后，叶盛章被警察从台上生生拽下台，逮捕进了局子，那场面和电影里《秋海棠》演的大兵把秋海棠抓走的场面一样。

叶盛章这段往事，现在知道的人已经不多，差不多已经像一张旧戏票，被我们随手扔在了遗忘的风中。当我知道了这样的事情后，我对叶盛章刮目相看，面对国民党大兵，他在舞台上表现出来的血性，和他舞台上演出过的那些过去朝代里的英雄一样，让人肃然起敬。我忍不住想起叶盛章在“文化大革命”中屡次遭到红卫兵抓走去批斗的经历。首先，遭受的毒打并不止一次。那时候，叶盛章和夫人，唯一的儿子，一家三口住在崇文门外的龙潭湖的楼房里，他便把在宣武门外海柏胡同里的老宅给卖了。“文化大革命”中遭受的第一次毒打，便是因此而致。是因为有人打了他的小汇报，说他出卖私房挤占劳动人民的住房，说他人口少住房多，只是这样一条，便能够置他于死地。虽然他老老实实地把卖房子所得的钱的存折上缴了，他也难逃厄运。他被限令“24 小时之内滚出红湖”(当时龙潭湖被改名为红湖)。在滚出红湖之前，他挨了批斗，遭受了第一次毒打，然后，只允许他带着一张床、一只皮箱、一个橱柜、三副碗筷，离开了红湖，最后反复央求，破例允许他再带一个收音机，好听伟大领袖的“最高指示”，他一家三口住进了一间小平房里。

如果厄运到此为止，我猜想，叶盛章也许会忍下去，我们好多人不都是这样忍下去的吗？但是，红卫兵并没有放过他，依然找到偏僻的平房里，把他揪出来批斗。没有人出面制止，大家都自身难保，大家也都忘记了他是京戏里武生名角，他曾经带给我们那么多艺术的愉悦与享受。

这一天上午，他去上班，他的夫人还特意往塑料袋子里装了几个干油饼，让他带到班上吃。谁想到，就在这一天，他的夫人被抓走批斗，被剃了阴阳头，夫人难忍屈辱，投龙潭湖自尽，却被人救出。当叶盛章看到夫人是这狼狈样子的时候，执手相看泪眼，我想是他最无法忍受的了。谁想到，就在这一天夜里，红卫兵还没有放过他，居然大半夜里杀上门来，将他再次打得遍体鳞伤。第二天，他横尸在护城河上。

最近，因为《蓝调城南》这本书中要写天乐园，我多次到鲜鱼口去看天乐园，周围一些地方已经拆得一片凋零，它的前面也是一片瓦砾，但是它二层的戏楼还在，老态龙钟，毕竟还立在那里，历史的物证一样，给今天一点看得见摸得着的对比和观照。每一次到这里，我总回想起 1947 年 35 岁的叶盛章和 1966 年 54 岁的叶盛章。我特别想起那些在“文化大革命”中曾经小报告告发叶盛章的人，和那些曾经毒打过叶盛章的人，他们现在怎么样了，会不会在偶尔之间想起曾经发生过的往事？

由叶盛兰想起的是关于叶盛章这段往事。我相信，会有好多人如我一样想起了他。其实，想起了他，就是想起了我们自己，在那一段历史中的我们自己。

# 叶派歌吹名半世

毕高修先生工小生，是叶盛兰叶派的高徒。听他说他和叶盛兰的认识的经历，有些传奇色彩。“文化大革命”前，他天天在陶然亭湖边吊嗓子。没想到，叶盛兰也天天到那里吊嗓子。叶先生听这个年轻人的嗓子不错，而且，又是小生，心生喜爱，便走到他的身边。他便成了叶盛兰的徒弟。

高修年长我几岁，是我一位中学同学来可绣的爱人，遂得以相识。我见到他时，他才六十开外，身体有些病态，显得有些龙钟，很难想象他在舞台上的样子。但看到挂在他家墙上的剧照，长衫高靴，羽扇纶巾，年轻时还是风流倜傥的。

据说，其名高修，是当年的一位高僧的赐予，说是他的出生乃高人修来的，极尽天风猎猎吹拂下的吉利之意。只是他的戏剧与人生，却并非高僧预测的那样风正一帆悬。其跌宕而充满磨难，凄惶感旧，慷慨生哀，令人唏嘘。

他出身名门望族，也曾锦衣玉食，落魄不在于他

马踏青苗

年少沉浸于菊坛，而是时代所然。看过他画的他当年住在天津的家，深院豪宅，香车宝马，无奈在他成年之前就已经家道颓败，又赶上紧接而来的政治风云和社会动荡，家庭的那些辉煌，过眼云烟，没有带给他什么怀旧的资本，却打上了沉重的枷锁，草枯雪重之时，马蹄未必能轻，重轭却背负在身。

偏偏，他自幼喜欢绘画，转而又迷上京戏，终于一发而不可收。在如此的人生背景中，这样完全超拔的艺术和精神的追求，和他现实的生活造成的巨大反差，带给他的人生，必然是旧戏文里唱道的那样：悲欢离合一杯酒，南北东西万里程。

自童年到壮年的岁月，他都是在颠沛流离之中。一直到1978年，他终于从浪迹天涯而重返京城，戛然而止。

都说舞台小人生，人生大舞台，作为著名的叶派小生传人，在这样的舞台内外，更是别有滋味，一言难尽。见面时，很少听他说过去的往事，只是在晚年他写了一本叫《坦荡人生》的书，方才知道他的父亲是毕基初，在二十世纪三四十年代，是北平著名的作家，当时与曹禺齐名。

这本书秉承其父的一些文字基因，在朴素却真切的叙述中，让他的人生如一条河，缓缓淌来，将流年暗换，把世事说破，无限的沧桑，都融化在流逝的岁月里，更镌刻在他自己的心中。其中，他在外地颠簸流离的辛酸，他对京戏痴心不改的执著，那种身在江湖，心亲鱼鸟的日子和情怀，写来哀婉动人。关键是，他不是将这样的日子写成以前在戏台上常唱的悲剧，而是安贫气全，守时处顺，他才能够坦荡地面对并度过了对于一般人而言其实是苦难艰辛的日子。

说来有意思，他写好这本书的书稿之后，给我打来一个电话，电话中不由分说，我必须为他的这本书作序，而且，必须要认真写好，不得推辞，也不得敷衍。我只好衔命而从，读完这本书的手稿，才对他有了进一步的认识。我们的交谈方才深入一些。我向他请教京剧方面的知识时，他向我说起他的老师、朋友，以及前辈艺人的交往，如温中其、郑继先、李玉书、叶盛兰、侯喜瑞等（这些人中有的人和他配过戏）。我听后颇觉得新鲜，建议他多多写进书中。由于是他自己的亲闻亲历，特别是这些老艺人鲜为人知的经历，颇具史料价值。我对他说，伶官传在旧时史部里是专设部门来做的，其价值和意义，可列比王公贵族。

其中一事，即他和晚年的侯喜瑞先生的一段交往，尤让我难忘。侯喜瑞老先生，是富连成元老，老一辈净角的翘楚。《战宛城》的关公，《芦花荡》的张飞，都让人经年难忘，也让后世难于比肩。尤其善演曹操戏，号称三个半曹操，即《战濮阳》、《阳平关》、《长坂坡》中的三个曹操，及《马踏青苗》中的半个曹操。难得的是，高修和侯先生属于患难之中的忘年之交，那时他们同居于北京城南一处陋室，过年时凄凉得无人光顾，也无年夜饭可吃，更无过年的酒可喝，可侯先生却是个嗜酒之人，当年的戏份钱大多都是喝了酒了。如此年夜，四壁徒空，凄风冷灶，两人只好倚在床上棉被相拥，彻夜长谈，大年初一看到屋里有几个胡萝卜，便凑合包了顿胡萝卜馅的饺子，听屋外的鞭炮声，相对无言，勉强过年。听他讲来，情真意切，很是感人。这段往事，总是浮现在我的眼前，叠印在戏内戏外，交织着人生命运，而让人心生很多喟叹。

后来看书稿，这样的梨园史事还有很多。比如，二十世纪六十年代，马连良一连看了三场女老生翠婉茹的戏，一出现代戏《屈原》，两出老戏《未央宫》和《斩韩信》，情不自禁地走到后台，找到翠婉茹，大加赞赏，坦陈意见，相互切磋。事后，马连良收翠婉茹为徒，并为她改名李玉书，与他的干女儿李玉茹同排名前后，视为己出，还送她宝贵的行头，对她说喜欢哪件拿哪件，你随便拿！如此主动提携后进，成为一则梨园佳话，蔼蔼长者，悠悠古风，叹为观止。“文化大革命”之前，毕先生和李玉书在天津南门外剧场同台演出《群英会》和《借东风》，李先生的诸葛亮，毕先生的周瑜，刚刚唱了个开场，就被命令停演，改演现代戏。为弥补两位合演的夙愿，粉碎“四人帮”不久，毕先生在苏州京剧团排练《群英会》，请李先生同台圆梦，却阴差阳错失之交臂，不料李先生逝世于天津。世事茫茫，春愁黯黯，命运的演绎，比舞台上还要难料和不测。

谁曾想到，如此不测的命运，落在了他自己的头上。天不假年，他的这本书还没有来得及印出，他便躺进医院。我去友谊医院看他的时候，他已经人事不省。就在前不久，我还去过他家，听他向我讲京戏，那一次，讲的是《虹霓关》和《大劈棺》。他上不了舞台了，但他教的学生，江其虎等人如今在中国京剧院和北京京剧院里，成了顶梁柱，在圆他的青春梦。他对我说如今小生演员难找，培养一个好的小生，比老生要难。那一次晤面，他兴致颇高，翻箱倒柜，找出画的好多画作给我看。他年轻时专门学过杨柳青的年画，工笔线描，一看有童子功。但我更喜欢他后期画的戏曲人物的国画，由于他自己演过京戏，所以那些画画来格外传神，而且，人物的衣着饰戴，一丝不苟，和舞台上不会有分毫的差错。有好多画上有欧阳中石、李滨声、赵荣琛、王金璐等人的题跋。我很想向他讨一幅，但看他肯定舍不得给的敝帚自珍的样子，没有开口。没有想到，那竟然是我们的最后一面。

八宝山为高修先生送别时，他的好多学生都去了。我也去了。那一天，请来了和尚做法事，经文梵乐之中，他躺在那里，不知作何感想。他过世得太早。我曾对他说过，你不该那么早就告别了舞台。他却把主要的精力都放在他的学生中了。如今，好的小生演员实在太少。包括叶盛兰的孩子，都远不如他们的先辈。

归来后，写了一首悼诗，送给早逝的高修先生——

酒熟人醉树正秋，水逝山别送高修。
叶派歌吹名半世，毕家书画韵一楼。
春和梦作来可绣，冬入魂追去也舟。
落木萧萧君莫叹，随风已上九霄头。

# 京剧和票友

前不久，看了一场全本的京剧《西厢记》。和以往看过的《西厢记》相比，这出《西厢记》不大一样，颇使我兴奋，兴趣盎然。

说其不一样，不是说台本、唱腔或舞台处理有什么特别的变化，而是说这台《西厢记》基本是由票友支撑起来的，其中主角崔莺莺的扮演者王新民，是位绝对的票友，曾经是我们北大荒兵团六师师部宣传队的队员，当年演出《红灯记》时出演李铁梅，风靡那个属于知青的年代。想一想，一个人，生活跌宕，岁月更迭，青春时梦想的翅膀却不曾折断，年过六十了，费尽波折，历经艰辛，单薄的身子承载这样梦想的同时，也压上自找苦吃的厚重的困难。不要说求师问艺的辛苦，就是置办一台戏里的几套戏装和行头，该省吃俭用，花费多少钱财和心思；排练的场地的寻找，请乐队忙里偷闲的帮助，该费多少周折和辛苦，都是可想而知的。终于，好梦成真，圆了她崔莺莺的梦，足见这个梦的威力之大。当然，也是京剧的魅力之大，

西厢记

京剧和票友西厢记

西厢记

才会让她有这样韧劲和耐力，飞蛾扑火一般抑制不住的情怀。

其实，可以这样说，自从有了京剧，就有票友。票友和京剧相互呼应，风来雨从，方才支撑起京剧这片明朗异样的天。这是我国呈现在京剧世界的一种独特的现象。好的票友，不仅是京剧的最强有力的支持，高山流水的知音，也可以成为和专业演员一样双峰并峙名声颇大的角儿呢，像俞振飞、姜妙香，袁世凯的公子袁寒云，以及张伯驹，朱家溍、俞平伯、吴小如等人，都曾经是赫赫有名的票友。以往的历史里，票友下海的，不乏其人。优秀的京剧票友，修行、造诣和讲究，绝非如今所说的歌迷粉丝或麦霸，靠卡拉 OK 就齐活儿的。所以，历来京剧界都格外尊重并支持票友，因为这是一对鱼和水、叶与花、云与雨的关系，名园依绿水，好竹上青霄，扶风可行万里船。

事实上，这场《西厢记》，如果没有京剧界的鼎力支持，独木难成林，王新民个人泼洒出再多的心血或钱财，也难以撑起。和她配戏扮演张生的于万增，是我国著名的小生专业演员（演得确实不错，既不夺崔莺莺的戏，又格外出彩儿展示他个人的艺术），司鼓来自北方昆曲剧团，乐队来自中国京剧团和北京京剧团，布景装置也来自北京京剧团，方才能够众星捧月，气势不凡，造就了一个痴迷京剧的超级票友的西厢梦。

这是我们中国的一种很好的传统，或者说是一种特殊的传统，因为在国外的戏剧史中，也涌现出过痴迷的戏迷，却从未曾有过如我国京剧票友这样阵势庞大、力量宏大，且对京剧的发展有着不可估量的推进作用的现象。这种传统的绵延，使得京剧有着得天独厚广泛的群众基础。这就是徽班进京两百年以来，为什么社会再如何动荡，京剧再怎样凋零，再怎样被破坏和摧残，甚至在“文化大革命”期间除了样板戏再无戏可演，著名的京剧演员连遭迫害，京剧依然生命力那样地旺盛，依然受到群众那样的欢迎，始终香火不断。这样的传统，应该给予充分的重视和实在的支持。所以，看完这场别具一格的《西厢记》，佩服王新民，更要佩服中国京剧院、北京京剧院和北方昆曲剧团，是他们的援手，更是他们的眼光而后对传统的身体力行。我看过好多场《西厢记》，还从来没有看过一场由票友来唱崔莺莺的《西厢记》；也还没有听说过由票友支撑起来的一台全本的大戏。

我们现在已经有过各式各样票友唱段的演唱和比赛，北京电视台还专门搞过京剧票友段位晋级的形式新颖的比赛。无疑，这都充分展示了票友的热情和实力，也说明我们对于票友的重视和支持。我只是想，如果在此基础上能够拓展开来，有规划有组织有投入地继续努力，会将这一传统发扬光大。那样的话，就不仅仅是一个王新民的单打独斗，不是一台《西厢记》的昙花一现，而是会涌现更多的王新民，更多的全本大戏，和我们的专业剧团相互辉映，争奇斗艳。或许，这才是对于去年年底京剧申遗成功之后最值得去做的重要工作之一。专业与民间的互动，方可将一泓春水激活，对京剧艺术的繁荣发展有着发自内而源于外的贡献。好的艺术，从来都是既在庙堂之高，又在江湖之远的。

# 一笔占尽秋江月

——戏曲人物画谈

一直以为，以中国画的水墨，画中国戏曲的人物，最是相得益彰，因为骨子里都是中国最传统最古老的玩意儿。这里有西洋画最难学得的神韵，犹如中国池塘里盛开的周敦颐的莲花，任是莫奈笔下的睡莲也无法比拟。

我爱看戏曲，尤其京剧，偶尔也染指笔墨画戏曲人物，虽都是外行，却很喜欢，便也爱看一些画家画的戏曲人物。家对门是潘家园旧货市场，到那里淘一些画册，比样学着画，方才发现，和我同好者甚众，有名的、无名的画家，都愿意用自己的水墨到梨园里挥洒晕染，画多得真的是琳琅满目，乱花迷眼。忍不住想起广和楼老戏台前的一副抱柱联：一声占尽秋江月，万舞争开春树花。将其中的“声”改为“笔”字，便打通戏与画两界，彼此应和，交相辉映了。

无疑，画戏曲人物，当代最有名也最富有特色的画家，属关良、韩羽和马得三位前辈。他们都属于返

苏三起解

玉堂春

女起解

武家坡

武家坡

武家坡

老还童的童稚派，不注重写实，不拘泥笔墨，老树虬枝，疏影横斜，自有暗香，属于大味必淡的那种。但细看，又有分别，风格各有异趣。关良的构图童真，更风趣，更有戏台上的感觉；韩羽的笔墨古朴，更简练，更抽象为简单的意象；马得的线条爽朗，更有洋味，别有装饰之风。

以《霸王别姬》和《女起解》为例，尽管造型夸张变形，关良的人物依然基本上是舞台上的位置与表情，甚至画的依然是虞姬舞剑的经典动作；韩羽则完全不是，他的霸王和虞姬呆若木鸡并排而立，苏三和解差也是并排而立，苏三连枷都未戴，只是回头在看解差，面无表情；马得的霸王很瘦，一改原本的壮硕，披戴的盔甲也删削只剩下干净的线条，虞姬背身掩面而泣的动作，和苏三披枷远去的身影，一样具有现代感。

如果以世界三大导演派别做不伦不类的比附，关良更像梅兰芳注重表演本身；马得有点儿像斯坦尼斯拉夫斯基的体验派；而韩羽则是地道的布莱希特，间离的效果格外明显，多生象外之意。

相比较三位前辈，后来者画戏曲人物，别开蹊径，让人眼前一亮的不多。看过董辰生和陈玉先的，一个重静，一个重动；一个重造型，一个重线条；一个浑厚，一个灵动。只是前者过于写实，后者将戏曲画成现代舞蹈了。我也看过电视少儿节目主持人董浩的画，他有家学，又想翻出新意，只是画得太满，色彩运用繁复，密不透风，过于闹腾，减弱了戏曲本身潇洒写意的爽朗感觉。

有一位画家，没有关韩马那样大的名气，我却很是喜爱，便是刘方平。老人年逾九旬，笔耕不辍，自幼痴迷京剧，他的戏曲人物颇得其中的中和神韵和蕴藉仙气。

以线条的干练简洁而言，刘与关韩马一脉，只是他的人物更多动感和表情，色彩浓郁，水墨恣肆，使得无象之处得象，让整个画面充满戏的想象和锣鼓点的回响。看他画的《武家坡》、《三岔口》、《草船借箭》、《乌盆记》、《宇宙锋》，真的让人会心，让人叹为观止。特别是《宇宙锋》和《乌盆记》，也曾看过别人的画，他的处理颇不一样。画中赵高父女、刘世昌和张别古，各一对人物，色彩对比鲜明，却显得手到擒来，举重若轻，因为他格外注重并善于运用墨色的本身。人物造型，都没有画满，而是随色彩流动恰到好处适可而止，颇似电影里的淡出。尤其是冤魂刘世昌，浑身墨色漆黑，肩头耸立，双袖直垂，下身皴笔渐次收尾，其苍劲与苍凉，能听得出马连良或杨宝森的几声反二黄；赵高长袍的几笔淡淡的蓝色，蜿蜒流淌，渐渐消失，其奸诈尴尬之情交织，更显得浑身都是戏。

还有一位画家，也被淡漠，便是我的中学美术老师邓元昌。和刘方平老人一样，他也是自幼痴迷京剧，家中置办大量戏装等一系列行头，与当年的张伯驹一样，曾经是京城名票之一，老生和净角兼修，登台演出过《霸王别姬》的霸王，《秦琼卖马》的秦琼。由于太喜欢，晚年病中术后坚持作画，自费出版《戏画白描——京剧名剧名家240出》。他的戏曲人物画，以净角别具特色，我还没有见过一位画家能够有他如此淋漓尽致画出这样多性格不同造型不同的净角，在纸上风姿绰约演绎。因为他懂戏，又专门研究并画过几百幅净角的脸谱，出版过专著《京剧净角经典脸谱》，为我国“十一五”重点图书，可谓京剧脸谱大全，此书翻译到国外出版。所以，他的净角，有他的感情，有他的学问，无论行头还是脸谱，都一丝不苟，准确无误，为我们留下宝贵的资料。

刘邓二位，常是我学画戏曲人物的老师，虽常常是照猫画虎反类犬，却自得其乐。私下比较二位：都是真正的戏迷，都是越老笔墨越辣，邓是不惜千金买宝刀，貂裘换酒也堪豪，为置办戏装而不顾一切；刘十二年前下乡写生，邂逅一牧羊老人，和他同好也是戏迷，知音难遇，便远避尘嚣，住在山清水秀的王屋山下再未出山。胸次的不同，他们的画的韵味，方才与众不同。如果以诗相论，邓有些像苦吟写实的杜甫，刘则像是大隐于山林中的陶潜。

还得说一位画家，与作家张天翼同名，与我同岁。我是在网上偶然看到他的一幅画，格外打眼，便一下子忘不了。画的是一位旦角，除了朱唇一点樱桃红之外，全部都是黑色线条，浑圆、交错，随意挥洒，干净，爽朗，没有一点的犹豫，却让我感到衣袂荡漾，水袖飘舞，不尽的动感，有风拂面，有弦似语。从来没有见过有画家这样画戏曲人物，简单的线条，居然让我们的戏曲神清气爽，充满如此灵动的美感。我千方百计找来他几乎全部戏曲人物的画作，还是喜欢这样线条勾勒的画，尽管他画的三十六名家长卷，造型端庄，须眉毕现，用色考究，气势磅礴，却似曾相识，不为新鲜。

# 十万春花如梦里

——焦菊隐与京剧

《焦菊隐戏剧论文集》，曹禺先生作序，1979 年上海文艺出版社出版。版权页上写着“1979 年 10 月”，我买到书的时候，是 1980 年初了。那时候，我正在中央戏剧学院读书。清楚地记得，出我们学院棉花胡同西口不远，在地安门大街有一家新华书店，书是那里买到的，才一元六角，便宜得让令人难以置信。如果回忆二十世纪八十年代的读书情景，《东风第一枝》——这应该是那个难忘年代里我读的第一本书。而那个时候，焦先生已经离开我们整整五年了，他是活活被四人帮迫害致死的。

严格讲，这不是一本学术意义上的论文集，其中包括大量的笔记和讲话，有相互的重复和驳杂。焦先生去世得太早，如果天假以年，他留给我们的遗产会更多。但这本书的内容已经很丰富了，因为既有舞台实践，又有理论功底，焦先生的文章不枯不涩，很有嚼头，是迄今为止我读到话剧导演所写的最出色、也

拾玉镯

是最有学问的一本书。想起当年读这本书的感觉，觉得老北京广德楼戏台前的一副抱柱联，最是符合，也最能概括这本书的丰富多彩：“大千秋色在眉头，看遍玉影珠光，重游瞻部；十万春花如梦里，记得丁歌甲舞，曾醉昆仑。”

之所以想起这副和京剧相关的抱柱联，当然有对焦先生不幸的怅然怀旧之情，更主要的是因为最初读这本书的时候，给我感受最深的是，没有一位话剧导演能够像焦先生一样，对京剧艺术，有这样深入肌理、富于真知灼见和功力不凡的研究，并有意识地将包括京剧艺术在内的中国戏曲的营养，渗透且滋润于他的话剧导演艺术之中。

或许，这和焦先生新中国成立前自己曾经办过中华戏曲学校有关。在这所戏曲学校里，有过四位京剧大师，其中两位是他的“业师”曹心泉和冯慧麟，另两位他自己称之为“亦师亦友”的王瑶卿和陈墨香。他正经向他们拜师学过艺，在这本书中，他写过这样一桩往事，“内廷供奉”同光十三绝之一徐小香的弟子曹心泉，有一绝活，出台亮相时候，扇子一摇，九龙口一站，黑绸褶长衫的下摆正好压在白靴底鞋尖那一点白上，“嗖”的一声，黑绸褶飘飞起来。这一招，焦先生也学过，却就是飘飞不起来。他对中国传统的戏曲艺术，由衷之爱，由此可见。

对于中国的话剧和戏曲，他做过认真的比较，尽管各有所长，他依然客观而尖锐地指出我国话剧“继承时就世纪末叶以来西洋话剧的东西较多，而继承戏曲的东西较少”。“终于不如戏曲那么洗练，那么干净利落，动作的语言也不那么响亮，生活节奏也不那么鲜明。”

对于戏曲的程式化、虚拟化、节奏化，他做过认真的研究。对于程式化，他打过一个有趣的比喻，说是“像咱们中药铺里有很多味药一样”，搭配得好，就会效果极佳。对于《长坂坡》的并叙环境，《走新野》的群众过场，《三岔口》的虚拟设置，《甘露寺》的明场处理，《失街亭》强调动作，《四进士》的人物形象和性格的塑造，《打渔杀家》桂英在草堂里挂牵父亲，一边唱自己的不安，后台传来萧恩在公堂上被杖打的声音，如此情景交相辉映的安排，《放裴》表现裴生的惊慌，用另一个演员打扮成鹤裴生一模一样，在后面亦步亦趋，来展示其失魂落魄，那种充满想象力……他都做过和话剧相关联的仔细对比和探求。他由衷地说：“我国戏曲演员所掌握的表演手段，比起话剧来，无疑更为丰富。”

因此，他特别强调话剧要向戏曲学习，他说：“作为话剧工作者，不仅应该刻苦钻研斯氏体系，并且更重要的是，要从戏曲表演体系里吸收更多的经验，来丰富和发展我们的话剧。”

焦先生将学习到的这些宝贵的经验，运用到自己话剧导演的实践中。在《茶馆》“卖子”的一场戏里，卖女儿，而且是卖给太监，乡下人手里接过那十两银子，如何表达内心复杂悲凉的感情？焦先生让舞台出现长时间的停顿，然后，后台传来两种声音：一是唱京戏的声音，一是叫卖高庄柿子的声音，那低沉凄凉又哀婉的声音，画外音一样，成为了乡下人此时此刻内心的写照。焦先生巧妙地借用了戏曲的声音和形式，将看不见的心情，生动形象地呈现在舞台上。

在《虎符》里，焦先生用了戏曲里最常见的锣鼓经。如姬盗走虎符之后，和信陵君在坟地见面，魏王跟踪而来，一下子一手抓住他们一人的手，说道："你们两个人的事情我都知道。"一声"冷锤"，如姬和信陵君的心里都一激灵，以为盗虎符的事情魏王知道了。魏王接着说："知道了你们两人感情的事情。"一阵"五击头"，信陵君和如姬如释重负。显然，戏曲中常用的"冷锤"和"五击头"音响，在这里起到了意想不到的作用，既凸显了心情的起伏，又烘托了气氛的紧张。

焦先生还有意识学习戏曲里的过场戏的处理方法，借鉴在《关汉卿》中。第一场关汉卿看到朱小兰被冤杀，不闭幕，全场暗转，只有四道追光照在关汉卿的脸上，从黑暗中，从关汉卿的主观视角里，隐隐出现市集上的卖艺身影、纤夫的呻吟、行刑队伍的号角、和朱小兰微弱的呼冤声。这时候，天幕上恍惚出现朱小兰苍白的幻影。关汉卿站定，声音和幻影消失，关汉卿道："我难道就是一个只能治人家伤风咳嗽的医生。"然后，转下一场关汉卿开始走向写戏的生涯。

这样的实例，在这本书中有很多，打通西洋话剧和中国戏曲两脉，焦先生做出了富有开创意义的实践工作，这些实践，成为了经典，迄今无人可以企及。而焦先生对中国戏曲那种发自身心的热爱和虚怀若谷的学习精神，更是至今让我感动。在谈到戏曲里以少胜多的艺术胜境时，他以京剧《拾玉镯》为例。一个少年在一个少女家门前丢了一个玉镯，少女偷偷拾起，如此简单的情节，却足足演了半个小时。这半个小时的演绎，将少女复杂的心情细致微妙地表现出来。焦先生说“比生活显得更真实。”他同时说：“戏曲抓住了某些有典型意义的生活现象，突出其中的矛盾，突出本质，尽量反复渲染强调，这就和生活有距离。这种距离，恰恰是观众需要的，而我们的话剧，有时既缺少从生活中提炼的东西，又不是抓到一个东西狠狠地强调。这些地方，就需要向戏曲学习。”

如今，我们实在缺少如焦先生这样既懂中国戏曲又懂西洋话剧、同时又能清醒地指陈话剧现实的导演了。面对今天有些乱花迷眼的话剧舞台，注重外来形式、高科技灯光、奢华背景的热闹，越来越多，但真正沉潜下心来，让戏曲和话剧彼此营养，最终让话剧受益的努力和实践，焦先生仍然是我们学习的榜样。这本《焦菊隐戏剧论文集》，虽然出版了已经三十余年，仍然值得我们重读并深思。

# 戏曲之忧

我国是一个具有古老戏剧传统的国家，但随着多媒体时代和泛娱乐化时代的到来，戏曲的生存面临极大的挑战和威胁。文化的多元性，让年轻一代拥有更多的选择，而有意无意地冷漠了传统的戏曲。于是，为了拓展生存的空间，戏曲自身在做挣扎和努力。这种挣扎和努力，表现在一方面挖掘传统老戏的排练，增加剧目的数量和品种；一方面又不满足于老戏，便有了对于传统老戏的改革和创新，以致一些现代新戏的推出。可以说，体现了我国戏曲创作和演出的矛盾和焦灼。

在这样的大背景之下，在北京的戏曲舞台上，宣传效应最大，最为引人注目的，据说还在纽约时代广场的大屏幕上频频亮相，依此进军国际，莫过于新编史诗京剧《赤壁》。

这几年，北京愿意打出京剧创新之牌，这是继大型新编历史京剧《袁崇焕》之后又一出大戏，编剧都是出自庙堂之手，对于京剧古老的艺术的钟爱和对于

穆桂英挂帅

京剧革新的倾入，自然都是精神可嘉、作用不小的。只是这样的革新得失成败与否，值得研究，而演出之后旋即成为媒体上声势浩大的宣传，几乎众口一词溢美膨胀的热赞捧场，便觉得似乎有点儿用力过猛，甚至多少有公器私用或曲意逢迎之嫌。

处于京城，京剧这玩意儿打一开始就染上庙堂的色彩。先是乾隆，后是慈禧，无一没有染指，方才使得徽班进京，进而让京剧压倒了昆曲，在京城风生水起，造就了同光十三绝那样群星闪烁的京剧各派的名角，热热闹闹了那么长的时间。

“文化大革命”前后，依然是官方介入，后来主要是江青的掺和，革命现代京剧即样板戏又风风火火，叱咤风云十余年，至今依然唱响在舞台和里闾街巷，成为无人不会哼几句的奇观。

过去说京剧是生于民间，死于庙堂，但客观而论，庙堂的热情，对于京剧的发展也并非没有好处，个中是非功过，不宜一概而论。特别是清康熙十年（1671）禁止在内城开设戏院，逼迫的戏园子大都开设在前门外一带，与平民百姓近距离亲密接触，不再仅仅属于皇宫和王府的堂会；乾隆五十五年（1790）乾隆下江南之后，带来四大徽班进京，造成京戏的繁荣，艺人的扎堆儿，为生存，为艺术的竞争，便不可避免；加之后来西风东渐，时代的变革起于青萍之末，于是，中国京剧伴随着新文化运动，开始了最为重大的变革大潮。电影《梅兰芳》涉及这一点，可惜只是蜻蜓点水而过，然后迅速地转化为梅兰芳和孟小冬的恋情风波来了，步入流行的通俗剧的老套之中。而且，那里关于京剧改革的斗争简单地成为梅兰芳的新潮时装戏《一缕麻》和十三爷其实是谭鑫培叫板的传统老戏之争，简化并扭曲了那个新旧交替时代里京剧变革的意义，和包括梅兰芳、齐如山等一代艺人所付出的艰辛和努力。

不说别的，单说由在奥运会和残奥会上火了一把的舞蹈导演张继钢跨界导演《赤壁》这出京剧，有意把舞台美术往舞蹈和影视上引，其阵容强大，制作豪华，光是铜雀台盛景，火烧赤壁壮观，草船借箭梦幻，这几处景的装置，就足够金碧辉煌，格外恢弘的了。真有点儿不惜千金买宝刀，貂裘换酒也堪豪的劲头。这是近年来戏剧革新都要唱的前奏曲，都愿意走这样一条奢华之路，似乎出新就得表现在老虎的后背、鸟的翎毛这样的外表一眼看得见的地方。

殊不知，如此舞台的美轮美奂声势的热闹，靠拢的只是影视，和传统京剧艺术是相背离的。稍微懂得京剧历史的人都知道，京剧从来都是一种诗化和写意的艺术，京剧的魅力，在于以少胜多，在于舞台上虚拟世界的营造，旧时讲京剧舞台上无一处物件是真的才是。当然，现在看来这样也有些绝对，但真正的京剧不在于实景搭制的金碧辉煌和人海战术的泛滥，这一点应该是没错的；靠的是演员的手眼身步法之功力，这一点也是没错的。绝对不会出现如今这样令人啼笑皆非的场面：在曹操和周瑜演唱时，也要一个在十几米高的战船上，一个在矮矮的一叶扁舟里，如此实在，哪里还像传统的京剧？好的演员，好的剧目，在于能够驾驭舞台上之极简主义，哪怕素素的只有几把桌椅和一道帷幕，也能够调动起五湖风雨，万里关山，在咫尺之间创造无限天地，去格外打动观众，那才叫本事和艺术。京剧的创新是在京剧基础之上，而非表皮。正如雪花的美丽，恰恰在于自身的白一种颜色，而不在于外表涂抹的五颜六色。

我想起前些日子看过的上海昆曲团来京在长安剧院演出的《玉簪记》和《蝴蝶梦》，也想起在台北看过的江苏昆曲团演出的《钗钏记》，虽然都没有今天《赤壁》舞台的美轮美奂，简单之极，不过只有几把桌椅和一道帷幕，却格外打动观众，以致演出结束后全场雷动，出现久久不愿散去的盛况。在如今京剧（包括昆曲等其他剧种）的革新热之中，宜应保持一份清醒。艺术，从来没有进化，只有变化，但变化优劣的前提，是对传统的坚守。

值得我们反思的，近年以来舞台上以革新创新之名的这种奢靡浮华之风，更早可以上溯张艺谋导演的歌剧《图兰朵》，历史与民俗，宫廷和服饰，都可以成为卖点，便不惜泼洒金钱，以图大制作。这样大把花钱开了头，本来属于极简主义的京剧岂不要和电影里的大片看齐了吗？电影大片的制作思路，对于舞台的影响与浸淫，实在应该躬身自省了。

好的戏剧，从来都是朴素的，文艺复兴莎士比亚戏剧演出的鼎盛时期，舞台的布景道具是简陋的，双方激战的军队不过用两个人代表，再浩浩荡荡的群众也不过用四个人表演。从来没有如我们现在动员上百个民工充斥满整个舞台。想起“文化大革命”之前，著名的花脸演员袁世海演出《李逵下山》，舞台上空荡荡的，没有一点布景，但他把李逵下山时候的山、林、水等万千景色表演得淋漓尽致，状若目前，袁世海自己说：所有的景都在我的身上呢！记得前些年上海昆曲著名演员梁谷音排演《潘金莲》，区区只花了600元，不过做了一块绣裘的天幕就演出了。现在说起来，简直如天宝往事，无法想象了。当然，时代在发展，舞台也在变化，我们也没有必要非泥古不化，将简朴成为简单，但奢华之风，还是应该警醒为宜。尊重京剧艺术的规律和特点，把握好其中的度，还是很有必要的。

我以为北京的京剧从革新和发展这个角度而言，还是应该向上海的昆曲学习才是。虽然近代以来，京派海派文化不尽相同，各有千秋，不过，我们还是虚心为是才好。我们北京京剧在这方面的思路，明显和上海昆曲不大一样。我们是大步往前走，更重视新编，着眼一个新字，期冀新剧目，重用跨界新导演，就连舞台装置都要新，让人从里到外耳目一新，不惜重金倾情投入。上海昆曲则不同，他们似乎是回过头来往后走，注重传统，最近，他们创新挖掘汤显祖的经典老剧目，重排“临川四梦”：《紫钗记》、《牡丹亭》、《邯郸记》、《南柯梦》。在这里，除《牡丹亭》之外，其余三梦，百余年来，只有剧本，从未有人搬上舞台，没有任何程式经验可以借鉴。可以说，这和创作新剧一样充满难度，从某种意义来说，何尝不是一种创新呢？

而且，一下子将四梦整体呈现于观众的面前，立体展现可以和莎士比亚相提媲美的汤显祖戏剧之魅力，上海昆曲团此举可以说是惊人之笔，起码不亚于我们的新编史诗《赤壁》。如果我们谦逊一些，并客观一些，上海昆曲此举的意义非同寻常，影响也是极为深远的。可以想象，虽然费尽气力，但有汤显祖经典剧作作为依托，又都是尚在计镇华、岳美缇、梁谷音等老一辈艺术家联袂倾心投入，必定不会是过眼烟云，而可以常演常新，为后代留下一笔宝贵的财富。

如今，借助电影《梅兰芳》的公映，梅兰芳为人所知并热议。对于京剧的革新，梅兰芳有一著名的观点叫做“移步不换形”，当年是略显保守而遭批判的，至今却依然有着警醒的意义存在。作为我国传统的古老剧种京剧，所有的经典剧目都是经过前辈艺术家和几代观众的共同打磨锤炼而成，漫长的时间为其磨出了结实而厚重的老茧，才让其走了那么长的路，一直走到今天。我们更要有一份敬畏之心，更多的宜于对传统的剧目的挖掘与革新，不宜于轻而易举地另起炉灶，非得像修脚师傅一样将其老茧修掉，然后自以为是在其长满老茧的脚趾涂抹上指甲油的豆蔻色彩。梅兰芳对此一直是极其谨慎的，他自己在新中国成立以后只排过一部新戏《穆桂英挂帅》，还是从豫剧的传统剧目《挂帅》改编过来的。相反，梅兰芳那时曾经演出的新派时装戏《一缕麻》，并没有流传下来。

尽管我们的热情有加，初衷甚好，但对于新编史诗京剧《赤壁》，坦率地说，我并不看好。舞台装置的豪华，史诗字眼的超重，都说明我们对于京剧的理解和认知出现了某种偏差，我们多少有些过多的梦想超越，而忽略了京剧的博大精深自有很深的挖掘留待于我们努力。在这方面，上海昆曲团所作的努力要扎实，要更有眼光。所以，我赞同评论家王阿的观点："当代人总觉得能站在古典的肩膀上，往上一蹿，就比古人高出许多。"他的比喻很形象，我们是有些这样子，愿意站在古典的肩膀上作振臂一呼状，而上海昆曲这一次则躬身屈膝虔诚地向汤显祖致敬。

曾经从事京剧表演和导演 50 年的老艺术家高牧坤先生，最近严肃地指出："京剧再创新的过程中一定要担负起传承民族文化遗产的责任，不能任意地向我们的非物质文化遗产动刀。"他说："动它就要懂它。"同时他针对跨界导演现象说："艺术是相通的，但也是专一的。不可以任意地指点江山。"

作为京剧艺术的实践者，高牧坤先生的意见值得重视。